DU MÊME AUTEUR

Aux Éditions du Seuil

LA MAISON DU DÉSIR, 1982 (« Points » *n° P1176*).

AURÉLIA, 1984 (« Points Roman » *n° R241*).

LA CHAMBRE OUVERTE, 1986 (« Points Roman » *n° R313*).

LES LÈVRES NUES, 1988 (« Points Roman » *n° R385*).

LA COLLINE ROUGE, 1992 (« Points Roman » *n° R635*).

LE MURMURE DES SABLES, 2004 (prix Amerigo Vespucci).

Aux Éditions Robert Laffont

CHARLOTTE CORDAY OU L'ANGE DE LA COLÈRE, 1993 (« Pocket » *n° 4267*, prix des Libraires de Normandie).

Aux Éditions Fayard

LA NUIT DE L'ICEBERG (avec Bernard Géniès), 1995 (« Le Livre de Poche » *n° 14096*).

LES RESCAPÉS DU « TITANIC » (avec Bernard Géniès), 1999.

LA FILLE À LÈVRE D'ORANGE

FRANCE HUSER

LA FILLE À LÈVRE D'ORANGE

roman

nrf

GALLIMARD

3 octobre 1919

Je m'appelle Jeanne. Jeanne Hébuterne. J'ai vingt et un ans. Mes yeux sont bleus. Toi, tu les a peints plus clairs encore. Quand je me suis réveillée ce matin, j'ai vu le portrait que tu venais d'achever. Mes mains sont à demi ouvertes, abandonnées. Mes bras se croisent, alourdis par nos caresses de la nuit. Lorsque tu m'as demandé de poser, tu m'as voulue avec ce chandail parce qu'il a, disais-tu, la couleur du soleil. Et de la terre aussi. Si souvent déjà j'ai été ton modèle ! J'aime chaque fois la tendresse, la douceur dont tu me pares. Mais, aujourd'hui, tu m'as faite à la fois pesante et légère, terrienne et diaphane, contradiction que je ne comprends pas. Mes cheveux rassemblés heurtent le haut de la toile comme si je voulais m'échapper.

Parfois, dans ces heures où je t'attends — car je passe beaucoup de temps à t'attendre —, j'essaie de me rappeler qui j'étais avant de te connaître. À l'Académie Colarossi, je préparais le concours d'entrée aux Arts décoratifs. Mes camarades d'atelier m'avaient surnommée « Noix de Goco », parce que les reflets cuivrés de mes tresses accentuaient la pâleur de mon teint. Elles plaisantaient aussi sur ma minceur. Tu n'as rien remarqué de tout cela. Était-ce vraiment moi que tu regardais ? J'ai souri et, par-delà mon visage, tu as revu les traits de ces madones que tu contemplais si longuement aux Offices et au palais Pitti, ou dans les églises de Florence. Tu avais dix-huit ans, tu étudiais la peinture à l'Accademia di Belle Arti. Tous les après-midi, tu revenais. Tu t'asseyais et tu copiais. À Venise, l'année suivante, ce fut le même éblouissement. Après avoir découvert les madones siennoises du XIVe et du XVIe, les nymphes de Botticelli ou les Vénus de Giorgione et de Titien, jamais, plus jamais, m'as-tu dit, tu n'as peint ni dessiné de la même façon. Maintenant encore, c'est pour elles, pour mieux les connaître, que tu peins chaque jour. Dès ton arrivée à Paris, avant même d'aller au Louvre, tu as recouvert les murs de ta chambre de reproductions que tu avais rapportées d'Italie. Tu en as donné certaines, perdu d'autres au cours de tes déménagements. Les plus précieuses, tu ne t'en sépareras jamais.

Quand je suis entrée chez toi pour la première fois, je les ai vues aussitôt. M'avais-tu fait venir pour me séduire ou pour me confronter à elles ? Je ne sais, mais j'ai compris que je ne devrais jamais être jalouse d'aucune femme. Maîtresses ou modèles, elles n'existaient que pour te permettre d'approcher la perfection d'une madone ou d'une vénus d'autrefois. On admirait ce trait sûr, la rapidité avec laquelle tu travaillais. Toi, tu restais insatisfait : cette femme que tu poursuivais à travers la cambrure de Béatrice Hastings, l'élan d'une de tes cariatides, la carnation d'un nu ou la ligne épurée de sa hanche, un jour enfin la rejoindrais-tu ? Celle qui posait pour toi te donnait la finesse de son sourcil, la courbe de sa joue, l'inclinaison de son cou. Pourtant, elle t'échappait toujours. Chaque nouvelle toile sanctionnait cet échec.

Alors tu buvais, et t'acharnais à nouveau.

Tes tableaux étaient réunis dans un coin. Tu les as retournés, les disposant contre les chaises, la commode, la porte. La pièce était étroite. Un même visage, sans cesse répété, me cernait. Une muraille. Je ne pouvais plus m'enfuir. Il fallait que je devienne cette femme-là, que tu aimais.

Alors j'ai écarté de moi tout ce qui ne lui appartenait pas. Le rire, par exemple. Elle m'a appris la gravité. Tu m'as dit un jour :

— Le bonheur est un ange qui a un visage sérieux.

Je veux être cet ange. Autrefois je riais avec mes compagnes. Cela ne m'arrive plus. Quand tu es proche de moi, ma joie est telle que le sourire même devient inutile. Il me gênerait presque tant je veux être attentive à cet accord qui s'établit entre le monde et nous. J'incline la tête et, sur ma joue, l'air est soyeux. J'allonge mes doigts et j'essaye de retenir l'instant que nous partageons. Autour de moi l'espace est libre, vibrant. Sur le portrait que tu viens d'achever, tu n'as pas dessiné la pupille ni l'iris. Tu as recouvert seulement mes yeux d'une transparence bleue : je ne regarde pas, j'écoute ta ferveur.

J'ai copié des attitudes, la grâce d'un mouvement. Cette madone qui apparaît à travers moi, je la hais parfois : à cause d'elle, dans mon propre portrait, je deviens une intruse. Certains jours, au contraire, je lui suis reconnaissante d'être ma complice. Il y a deux ans, le soir du carnaval, si je ne lui avais pas ressemblé, m'aurais-tu adressé la parole ? J'étais entourée d'autres étudiantes et d'artistes. Foujita attirait tous les regards : il ne lui avait pas suffi de sa lourde frange, copiée des statues égyptiennes, ni des pendentifs qu'il portait à ses oreilles et à son cou, il s'était confectionné une extravagante tenue avec du tissu à rideaux. Je m'amusais, j'étais fière du poncho et de la robe drapée, bariolée de couleurs vives, que j'avais inventés pour cette fête. Toi, tu étais déguisé en Pierrot. Un costume plus facile à faire, moins cher. Car tu m'as appris cela aussi : la misère, et son orgueil. Au café de La Rotonde, tu proposes aux clients de dessiner leur portrait pour cinq francs seulement. Mais tu n'acceptes pas l'aumône. Un soir, un Américain était si content du résultat qu'il a voulu te donner le double. Soutine m'a raconté ta colère. Tu as déchiré le dessin. En décrivant la stupéfaction de l'Américain, il tapait sur la table et riait.

— Il est fou, Modi, m'a-t-il chuchoté avec admiration.

Pour lui, la suite de l'histoire le confirmait. Ivre, l'Américain s'était endormi. Sa veste entrebâillée laissait voir son portefeuille.

— Sais-tu ce qu'a fait Modi ? Il a tiré un billet de cent francs qui en dépassait et l'a donné à ce poète si maigre, un peu voûté, qui erre toujours là, sans oser s'asseoir.

Sous l'accent de Soutine, ce surnom de Modi résonnait étrangement.

5 octobre

« Tu » ou « il » ? Lequel vais-je choisir aujourd'hui ? Ce sont deux chemins différents pour aller jusqu'à toi. Te dire « tu », c'est être au plus près de toi, c'est écouter ta respiration dans la nuit. Te dire « il », c'est reculer, feindre une distance entre nous pour mieux te voir, mieux te comprendre.

Cette nuit, je n'ai pas pu dormir. Sans jamais s'interrompre, jusqu'à l'aube, il m'a parlé de son enfance. Il m'a raconté Livourne, ses rues chargées de l'odeur de la mer, la richesse de ses parents, leur hôtel particulier avec ses deux étages et son jardin, au centre de la ville. Il m'a raconté la faillite aussi. Et ce lit où sa mère s'était étendue. Autour d'elle, chacun avait entassé bijoux, argenterie, linge, tableaux, chandeliers, le tapis même. Tout ce que la famille possédait de précieux : la loi interdisait aux huissiers de prendre ce qui était sur le lit d'une femme qui allait accoucher. Elle ressentit les premières douleurs tandis qu'on faisait l'inventaire de la saisie. Tu es né au matin, à même la table en marbre noir de la cuisine.

J'écoutais. Tout au long de la nuit, je suis restée assise sur une chaise, droite, pour ne pas céder au sommeil.

À l'aube seulement, je me suis allongée. Il est venu me réveiller, m'a entraînée à nouveau jusqu'à la chaise. Je devais poser, face à lui, sereine, les yeux grands ouverts, alors que j'avais seulement envie de me laisser glisser et de m'étendre sur le plancher. Pendant qu'il se détournait pour choisir un tube de couleur, j'ai pris le stylet qui était posé là. Je l'ai caché dans ma main, la pointe contre ma paume. Chaque fois que le sommeil l'emportait, je serrais le poing plus fort. Ce fut d'abord une piqûre d'abeille, puis je dus enfoncer davantage la lame.

6 octobre

As-tu deviné ma lassitude, hier ? Je gardais mon poing fermé, mais tu n'as rien dit. Pourtant tu préfères toujours me représenter les doigts étirés, comme pour une prière, ou les mains à demi ouvertes — l'ébauche du geste de la Vierge Marie quand elle va tendre ses bras vers l'Enfant. C'est sa tendresse que tu veux saisir. J'essaye. Je m'incline, dans un équilibre presque instable, me souvenant des Vierges qui se tiennent ainsi un peu en retrait, effrayées par le message de l'archange Gabriel. Tu me demandes d'incliner le cou aussi. Sur la toile, tu le dessines plus élancé encore. Mon visage paraît parfois presque suppliant. Il n'exprime pas la douleur. Peut-être la mélancolie.

La nostalgie guide ton pinceau. Tu ne songes qu'au passé : même l'air, tu le peins à la manière d'une fresque d'autrefois, dense, nuancé de couleurs. Tu préfères que je sois habillée de tons étouffés, comme si tu les voyais de très loin, à travers les siècles. Un rouge sourd, un jaune orangé font reculer ma silhouette dans le temps, jusqu'à cette époque où vivait la madone que tu poursuis. Derrière moi, le fond est simplifié, tout est effacé. À droite, dans le portrait au chandail jaune, tu as pourtant peint un meuble — la commode derrière laquelle nous cachons les bouteilles vides. Le vin, tu l'as bu avant de tracer sur la toile le cerne brun qui délimite le contour de ton personnage. On croirait un geste de magie. Une incantation pour affirmer une prise de possession. Parfois, sous les couches de peinture, le trait s'atténue, s'affine, presque invisible. Mais toujours il reste présent. La nuit, quand tu me caresses, Modi, je sais que tu cherches cette ligne unique, sa certitude.

10 octobre

Tu as caressé mes cheveux. Tu m'as dit : « Tu es si belle. Tu ne reçois pas la lumière. C'est de toi qu'elle émane. Il faut que j'ajoute sur ton portrait une note orangée à tes lèvres. Tu sais pourquoi ? Quand on te voit, on croit vraiment que tu es cette fille que Rimbaud a vue à la lisière de la forêt. Il l'appelle "la fille à lèvre d'orange". »

12 octobre

Zborowski est venu. Il a apporté l'argent. J'ai pu acheter un bonnet pour l'enfant. Je l'ai envoyé à la nourrice avec la pension qui n'avait pas été payée depuis plusieurs semaines. Quand reverrons-nous notre petite fille ? Tu l'aimes, mais tu l'oublies. Une seule obsession t'accapare : dessiner, achever le tableau commencé. Tu peins vite, très vite. Comme on court pour essayer de rattraper quelqu'un qui s'enfuit. Pour toi, ce n'est jamais assez rapide. Ceux dont tu fais le portrait s'étonnent du peu de temps que tu leur consacres. Une séance de pose te suffit.

L'argent, Zborowski l'a donné aussi pour l'alcool. Après avoir mis à la poste le paquet pour la nourrice, j'ai acheté des bouteilles de vin. Je les ai recouvertes de légumes et du torchon qui protège le pain. La voisine descendait l'escalier. Nous nous sommes arrêtées pour bavarder. À un moment, sa voix a hésité. Il y eut un silence presque imperceptible. J'ai jeté un coup d'œil au panier. Le tissu avait glissé, découvrant le goulot d'une bouteille. On devinait les autres. Une nuance feutrée a terni le regard de ma voisine, m'apprenant qu'elle me condamnait.

Quand je suis venue vivre avec toi, tes amis ont pensé que tu étais sauvé. Hanka Zborowska et son amie Lunia ont préparé l'atelier que Zbo était parvenu à louer pour nous, rue de la Grande-Chaumière, tout près de La Rotonde. La lumière entrait par de grandes verrières. Tu as recouvert les murs gris de peinture ocre et orange.

— Pour rendre l'atelier plus lumineux encore, a dit Hanka.

— Non, a répliqué Zbo, il prépare déjà le fond qui sera celui de ses tableaux.

Zborowski se réjouissait : c'en était fini, selon lui, de ces excès qui te détruisaient. Que ton ami Manuel Ortiz de Zarate habite dans le même immeuble, juste au-dessous, le rassurait aussi. Dans les premières semaines, les portraits de moi qui s'entassaient lui paraissaient autant de preuves que mon amour te protégeait désormais. Tu m'as peinte avec un grand chapeau, portant un collier, en chemise, coiffée d'un chignon, les cheveux dénoués... Zbo était encore plus satisfait. Comment aurait-il imaginé qu'un jour je t'apporterais de l'alcool ? Du vin rouge, et même de l'absinthe. Le plus de bouteilles possible.

Au début, j'ai essayé de t'empêcher de boire. Autant t'empêcher de peindre. Si tu ne bois pas, tu ne peux plus travailler. Zborowski lui-même a fini par le comprendre, au point qu'il lui arrive de se priver de tabac pour nous remettre l'argent qui permettra d'acheter de l'alcool. Du haschich aussi. Parfois de la cocaïne. Pour te donner la force d'affronter ce que tu cherches. Atteindre l'harmonie de ce visage d'autrefois, entrevu dans les musées d'Italie.

Tu as ri, Modi, la première fois où je t'ai parlé de sculpture. Un rire que je ne te connaissais pas. Une douleur l'aiguisait, qui me bouleversa :

— Tu crois que je suis peintre. Ils croient tous que je suis peintre !

Tu as ri à nouveau et je n'osais rien dire.

— Ils se trompent. Je ne suis pas peintre, je suis sculpteur !

Tu te moquais, mais ta voix était autre, plus grave.

— Mes sculptures ? Elles n'étaient même pas achevées. À quoi bon les garder. Je ne peux pas sculpter.

— Pourquoi ? t'ai-je demandé.

— C'est la mort pour moi.

La mort, il ne la craint pas. Ses abus d'alcool et de drogue le prouvent. Mais il y eut cette impossibilité : la fine poussière qui s'élevait de la pierre quand on la taille. Je me souviendrai toujours de ces phrases sèches, heurtées, qui semblaient lui être arrachées :

— Ce bloc de calcaire, je l'avais volé dans le chantier d'un bâtiment en construction. Je l'ai transporté, la nuit, dans une brouette. J'étais impatient. Dès le matin, je me suis mis au travail. L'air s'épaississait, criblé de fines particules qui s'élevaient de la sculpture à chacun de mes gestes. Elles absorbaient tout. Je ne pouvais plus respirer. Des éclats de pierre pénétraient dans mes poumons, me poignardaient. Brancusi m'a trouvé évanoui. Longtemps après, je crachais encore du sang.

Il est resté silencieux, puis il a ajouté d'un ton égal, rêveur, ne parlant sans doute qu'à lui-même :

— Même maintenant il est en moi, ce désir. Je sais exactement comment il faut abaisser le ciseau, attaquer la pierre…

Il s'est tourné vers moi :

— Je veux une forme épurée, des volumes simplifiés. Voilà ce que je veux conquérir.

Tout à coup il parlait au présent. Avait-il oublié qu'il ne pourrait jamais finir ni même commencer cette sculpture ? Ses mains esquissaient un volume dans l'espace. J'ai reconnu ces gestes. La nuit, quand il se réveille à demi, ses mains parcourent mon corps d'une étrange façon. Une autre exigence que l'amour les guide. Ses doigts sont fermes, presque durs. Il s'attarde sur la courbe du sein. Sa main s'arrête, descend plus bas — à la taille. Elle remonte le long du buste. La courbe du sein encore. Il recommence. Malgré le plaisir, souvent, il me fait presque mal.

Rien ne peut combler ce vide auquel il se heurte. J'ai tenté de l'apaiser :

— Tes nus, Modi, tu les dessines comme si tu les sculptais.

À peine avais-je prononcé ces mots que ma maladresse me fit honte.

— Je sais, se moqua-t-il, on dit que je rends le volume…

J'ai baissé les yeux. Brusquement ce diminutif, Modi, m'a gênée — je me suis souvenue du regard qu'il a eu un jour en ironisant : « Oui, vous avez raison de m'appeler ainsi : je suis en effet maudit. »

Ses amitiés ont changé depuis qu'il ne peut plus sculpter. Il va moins souvent qu'autrefois chez Brancusi. Trop de souvenirs l'y attendent : ils ont travaillé côte à côte, pratiquant la taille directe. La dernière fois où nous sommes allés dans l'atelier de Brancusi, impasse Ronsin, nous avons dû nous faufiler entre les sculptures comme entre les troncs d'une forêt démente. Nous étions assis sur la lourde meule de calcaire, recouverte de plâtre, qui sert à la fois de table et de siège. En se levant, Modi s'est aperçu que le velours de son pantalon était blanchi. Son visage s'est durci. Il a pris l'un des marteaux. Il l'a soupesé comme s'il allait s'en servir, puis il l'a rangé à côté du cric que Brancusi utilise pour transporter les blocs de marbre.

— Allons dehors, a dit Brancusi, prétextant qu'il voulait marcher.

Il a ôté ses sabots et le vêtement qui le protégeait de la poussière de la pierre.

Tes mains, Modi, je connais leur souffrance. Parfois, lasse de t'attendre, inquiète, je vais à La Rotonde te retrouver. De loin, le brouhaha des conversations recouvre tes paroles. Mais peu importe : je vois tes mains. Je sais déchiffrer leur langage. À l'improviste, sans que tu l'aies voulu, elles t'ont trahi, esquissant un geste interdit — celui que tu faisais autrefois quand tu pouvais sculpter. Alors tu cesses de discourir. Tes mains se taisent. Elles descendent vers la table. Tu prends ton verre. Tu bois.

Ce soir-là, tu n'es pas resté longtemps avec Brancusi. Il te parlait de sa mère qui venait de mourir, de sa sculpture, l'*Oiseau*, qui avait été cassée pendant le dernier bombardement de Paris. Il venait de la recoller pour l'envoyer à New York. Contrairement à ton habitude, tu répondais à peine, par monosyllabes. Tu as dit que tu voulais travailler. Mais nous ne sommes pas rentrés à la maison. Tu as préféré aller chez Soutine.

Dès qu'on a poussé sa porte, une odeur âcre, fétide, nous a soulevé le cœur. Soutine avait quitté son pinceau pour nous ouvrir, mais ses mains et sa chemise étaient encore tachées de peinture fraîche. En voyant la toile à laquelle il travaillait, tu as crié d'enthousiasme :

— Ce n'est plus du rouge, c'est du sang. Ah ! tu as réussi ton coup !

— Il suffit de regarder, bougonna Soutine avec mauvaise humeur car il déteste qu'on l'interrompe dans son travail. Je peins trop lentement, ajouta-t-il en désignant son modèle, un animal au ventre ouvert.

Les entrailles n'étaient plus d'un rouge éclatant comme sur le tableau, elles avaient noirci, s'étaient marbrées de taches violettes et vertes. L'animal se décomposait. Soutine ne voulait pas s'en apercevoir. Il n'avait pas assez d'argent pour s'en procurer un autre, alors il continuait à peindre le même, fidèle à sa première vision, quand l'animal saignait encore. À l'odeur pestilentielle se mêlaient des relents amers, chargés d'un goût de sel, qui brûlaient les narines. Une toile posée sur le sol en donnait l'explication : elle représentait trois harengs dans une assiette. Bien sûr, Soutine avait acheté ces poissons au marché et avait continué à les peindre tandis qu'ils pourrissaient. À mesure qu'il travaillait ses couleurs, épaississait sa peinture, l'odeur avait imprégné ses vêtements, les couvertures de son lit. J'ai reculé, une nausée me submergeait, la tête me tournait. Je suis partie. Tu m'as dit que tu me rejoindrais vite. Je savais qu'il n'en serait rien. Vous alliez tous les deux commencer la tournée des cafés. Parfois je suis jalouse de cette langue que vous avez en commun, des chansons et des hymnes hébraïques que vous chantez ensemble. Vous aimez évoquer les cérémonies religieuses de votre enfance, des plats rituels, des prières prononcées. Vous vous comprenez à demi-mot. À toi, Soutine n'a pas eu besoin d'expliquer qu'il a peint ce poulet mort parce que, dans son village natal, on en faisait tournoyer de semblables au-dessus de la tête des pénitents pour les décharger de leurs péchés.

Tu es rentré très tard. L'aube blanchissait le ciel. Tu voulais peindre. C'était impossible, tu étais trop fatigué. Tu as pris un fusain. Tu t'es couché, et tu as commencé à dessiner non pas sur une feuille mais sur le plancher même. À tes côtés, appuyée sur un coude, je regardais la ligne que tu traçais — celle du sculpteur, ou celle du peintre ? Tu recommenças le trait, il devint imprécis. Ta main avait perdu ses pouvoirs. Elle hésitait. Le fusain tomba. Tu te renversas en arrière, terrassé par le sommeil.

Je t'ai regardé dormir. Tu es toujours beau, mais tes cernes se sont agrandis, les yeux se sont enfoncés dans les orbites. Que veux-tu, Modi ? La vie ? La mort ? Tu bois toujours davantage. On pourrait croire que tu t'acharnes à te détruire. Tes fringales sont-elles une réponse ? À plusieurs reprises, dans une même journée, tu te forces à manger :

— Je dois me suralimenter, expliques-tu, le docteur Alexandre me l'a recommandé, pour lutter contre la maladie.

16 octobre

Quand il est arrivé, Zborowski portait une redingote. Il nous a raconté en riant qu'avant même d'avoir reçu l'argent de Londres, il s'était endetté pour l'acheter. Le succès de tes tableaux à l'exposition qu'il avait organisée là-bas en août le comblait de bonheur. Assis, les jambes croisées, il se penchait en avant, tendait ses longues mains pour manifester son enthousiasme. Il parlait avec vivacité, martelant ses syllabes, les yeux enfiévrés d'émotion :

— Maintenant c'est Paris qu'il faut conquérir. Au Salon d'Automne, dans quinze jours, ce sera le même succès ! On va enfin découvrir quel peintre tu es ! Tu as vu, ajoutait-il en riant, les critiques anglais n'ont remarqué que toi, t'ont préféré à tous les autres. Ils n'ont fait que répéter ce que je dis depuis quatre ans.

On a sonné. C'était Ortiz qui venait nous rendre visite. Heureux d'avoir un nouveau témoin de son triomphe, Zbo a repris avec encore plus de gaieté :

— Vous avez lu les articles de Londres ? Eux, ils ont compris le génie de Modi : le génie de l'amour ! Quand Modi peint un nu, jamais aucun artiste n'a été aussi proche de son modèle. C'est une union totale comme quand on fait l'amour.

Il a cité des passages entiers des articles : il les savait presque par cœur. C'était une partie de sa vie qui était justifiée là, ses luttes, sa générosité, l'admiration qu'il n'avait cessé de manifester à Modi. Ah ! il avait eu raison de mettre sa peinture au-dessus de tous et de tout ! Une fois de plus il a évoqué ce soir d'automne où il avait vu les tableaux de Modi pour la première fois. Modi les retirait de dessous le lit et les posait l'un après l'autre sur une chaise pour les lui montrer. Dès la première toile, Zbo a été convaincu. À partir de ce moment, son but constant a été de sortir Modi de la misère pour l'aider à travailler davantage. Il s'était engagé à lui donner régulièrement de l'argent. Ce n'était pas facile pour lui de rassembler la somme convenue, et parfois il avait dû vendre des livres, des objets auxquels il tenait. Et c'était encore plus difficile d'accepter que cet argent-là, qu'il avait réuni avec tant de peine, Modi le dépense parfois, non pas pour s'acheter des couleurs ou pour se payer un modèle, mais pour boire. Pourtant, jamais Zbo ne lui a fait le moindre reproche. Quand Zadkine ou d'autres s'en étonnent, il hausse les épaules et déclare d'un ton distant que les génies ont tous les droits.

— Il est interdit de le juger, m'a-t-il confié un jour. Pour peindre, Modi a sans doute besoin de ces excès.

L'émotion qu'il éprouvait devant chaque nouveau tableau le récompensait amplement de tous ses efforts.

L'accueil de Londres ne lui paraît que justice. Avec l'exagération des Slaves, certain d'un triomphe maintenant, il imagine les acheteurs se disputant les toiles de Modi dès l'ouverture du Salon d'Automne.

Modi laisse Zbo choisir les tableaux — un nu et trois portraits — qui seront présentés au Salon d'Automne — il lui fait entièrement confiance. Quand il représentait Paul Guillaume, il écrivait sur le tableau « *novo pilota* » — une louange ou une moquerie ? Il donnait à son marchand un air suffisant et désinvolte, presque prétentieux ! Jamais il n'a manifesté une telle ironie envers Zbo. C'est son ami. Un même amour de la poésie les unit.

En fait, les exigences de Modi sont enfantines. Quand on a su l'enthousiasme que sa peinture suscitait à Londres, il a demandé à Zbo de lui acheter des chaussures là-bas.

— Pour un artiste, plaisantait-il, l'important, c'est les chaussures ! Tu n'imagines pas la vie de Picasso quand il ne pouvait se payer que des galoches ! À cause du bruit que fait le bois, il était interdit de s'en servir le soir ! Et puis il y a eu aussi cette période où Max Jacob et lui se partageaient la même paire de chaussures — ils sortaient chacun son tour. Et Soutine ! Tu ne l'as pas connu quand il marchait les pieds enveloppés dans des chiffons et des journaux. Le jour où Zbo a vendu enfin un de ses tableaux — c'est Lunia qui l'a apporté à l'acheteur en prenant l'autobus —, la première chose qu'il a faite, c'est de s'acheter des chaussures !

Pour que Zbo ne se trompe pas sur la pointure, Modi a posé son pied sur une feuille de papier et a tracé son contour avec soin.

Puis il s'est remis à travailler. Avoir de l'argent ou du succès était sans importance. Que ses tableaux aient conquis un public, que l'écrivain Arnold Bennett ait parlé de chef-d'œuvre à son propos et acheté un portrait de Lunia ne suffisait pourtant pas à le rassurer. J'ai vu à la façon dont il prenait son pinceau et se mettait devant la toile qu'il avait la même inquiétude.

Pourtant, il s'était empressé d'envoyer à sa mère les coupures des journaux anglais qui faisaient son éloge. On aurait cru qu'il voulait compenser l'humiliation ressentie lorsqu'il était revenu à Livourne, pauvre et malade, sans pouvoir dire que Paris l'avait reconnu. Au café Bardi, près de la passerelle qui enjambe le grand canal, il avait montré des photos de ses sculptures à ses amis. Ils avaient ri.

22 octobre

Il fait encore plus froid. Au Luxembourg les marronniers ont perdu leurs feuilles. À mesure qu'on monte l'escalier étroit, l'humidité pique davantage. Le poêle ne suffit pas à chauffer l'atelier qui paraît triste depuis que Zborowski a enlevé tous les tableaux. Dès que tu as achevé une toile, il la prend. Sans pour autant parvenir à la vendre ! Il verse l'argent régulièrement, mais je n'aime pas ces murs nus, avec la tache sombre qu'a faite la fumée du poêle quand j'ai essayé de forcer le feu. Le sol aussi est noirci de charbon écrasé, jonché de mégots et d'allumettes, un grand broc traîne toujours dans un coin puisque nous n'avons pas l'eau courante… Comme tu es étrange, Modi, tu refuses qu'on balaye, mais, dès que tu as fini de peindre, tu te laves des pieds à la tête. Il s'agit de bien autre chose que de propreté. Tu asperges tout autour de toi, comme si tu étais en pleine nature, sous une cascade ou dans une source. En te lavant si furieusement, chantant avec un tel bonheur, une fois, chez Zbo tu as posé la cuvette d'eau sur le rebord de la fenêtre. À la grande fureur de la concierge, elle est tombée. Un autre jour, chez Kisling, tu as complètement inondé l'atelier. Renée m'a raconté qu'en entrant elle s'est affolée, il y avait de l'eau partout : « À croire qu'il l'avait fait exprès », m'a-t-elle dit.

On pense à un rituel. Des ablutions purificatrices. Pourquoi, après avoir peint, éprouves-tu cette nécessité ? De quelle faute veux-tu te purifier ? Pour Soutine, on comprendrait qu'il ne puisse pas se pardonner d'avoir représenté un visage humain. La première fois qu'il a enfreint cet interdit de sa religion, le fils du rabbin dont il avait réalisé le portrait était venu le rosser. Mais toi, en Italie, tu n'as jamais eu à souffrir de tels tabous. Peut-être est-ce seulement pour manifester ta joie, une exubérance d'être, un besoin de prendre les autres à témoin. De même que tu ne bois pas en cachette, mais devant tout le monde, et surtout à la terrasse d'un café. Modigliani, dit Picasso, n'est jamais plus soûl qu'au carrefour Montparnasse, devant La Rotonde ou le Dôme.

23 octobre

Souvent je regarde une photo prise en 1906, juste avant son départ d'Italie. Sûr de lui, presque arrogant, Modi porte un costume de velours côtelé, des bottines de cuir et une chemise de toile blanche, très ample. Je reconnais le foulard rouge qu'il aime mettre autour du cou et le chapeau à large bord — une tenue d'artiste, pour conquérir Paris, la ville des peintres. Il avait emporté des livres qu'il aimait relire, *La Divine Comédie* et *Les Chants de Maldoror*. Sa mère lui avait donné de l'argent sur l'héritage qu'elle avait reçu de son frère. Modi l'a vite dépensé. Il ne prévoyait pas, il oubliait qu'il était pauvre. Un après-midi où nous nous promenions, il m'a entraînée vers la Madeleine, loin de nos rues habituelles, pour me montrer l'hôtel élégant où il s'était installé à son arrivée à Paris avant d'aller habiter Montmartre. Quelle idée bizarre ! J'ai du mal à l'imaginer dans cet environnement bourgeois. Il doit y retrouver un parfum de son enfance. On l'accuse de forfanterie, de mythomanie, quand il évoque le train de vie luxueux de ses parents, les domestiques qui les servaient. Il dit la vérité pourtant, mais il oublie la faillite, les difficultés de vivre après... L'orgueil ! Cette majesté avec laquelle il se campe, le visage fier, malgré son costume maintenant usé aux coudes, déformé aux genoux. Vlaminck m'a raconté qu'à La Rotonde, lorsqu'il échange un dessin contre un verre d'alcool, il le signe comme si c'était un chèque. Avec l'assurance d'un millionnaire. Pas une seconde il ne doute qu'un jour les musées du monde entier se disputeront ses tableaux. Rien ne peut ébranler cette conviction. D'où son mépris pour une touriste qui insistait tant pour avoir sa signature. Songeait-elle déjà au jour où elle vendrait le portrait qu'il venait de lui offrir ? Il a repris la feuille avec colère et a écrit son nom en lettres si gigantesques qu'elles recouvraient entièrement le dessin.

Nous avons besoin d'argent. Il faut envoyer la pension à la nourrice pour Giovanna. Il commence à faire si froid, et le charbon coûte si cher. Alors Modi va dessiner à la terrasse de La Rotonde et au Dôme, en face. Dessine-t-il aussi pour faire parade de sa virtuosité ? Il sait que chacun est fasciné par la ressemblance qu'il capte d'un seul trait. Il en joue, s'amuse à aller encore plus vite, à multiplier les portraits des convives qui l'entourent. Une centaine parfois dans une seule soirée. On croit qu'il veut séduire ou étonner. Non, il dessine sans cesse parce qu'il lui est impossible de s'arrêter. Il dessine comme d'autres respirent. Vendre ? Parfois il ne veut plus. L'orgueil l'emporte et il préfère offrir. Ce soir, il a bien vu qu'il n'y avait presque plus rien à manger, un reste de soupe et quelques pommes de terre. Il a ramassé plusieurs dessins qui traînaient, sur la table et les chaises, et dans un coin auprès du lit.

— Je vais tous les vendre, ne t'inquiète pas, m'a-t-il dit.

Je l'ai accompagné bien qu'il n'aime pas cela.

— Dans mon pays, les femmes restent à la maison, répète-t-il en souriant, mais d'un ton ferme.

Ce soir, je n'ai pas tenu compte de cette remarque, je voulais surveiller les dessins, être sûre qu'ils ne seraient pas dispersés, qu'on ne les lui volerait pas quand il aurait trop bu.

Sur le chemin, il m'a expliqué :

— Le mardi, il y a un marchand qui passe toujours à La Rotonde pour voir s'il ne peut pas profiter d'une manière ou d'une autre des artistes qui sont là.

Le marchand s'est approché. Il a feuilleté la pile. Quand tu as indiqué un prix, il t'a toisé. Son regard s'attardait sur ta chemise râpée, sur ses poignets usés.

— Trop cher, dit-il, en repoussant de la main les dessins.

Pourtant il restait assis, attendant un autre prix. Tu t'es levé d'un bond et tu as pris un couteau sur une table voisine. Tu as transpercé le tas de dessins. Puis tu es allé les accrocher dans les toilettes. À ton retour, tu as recommencé à dessiner, passant d'une feuille à l'autre, sans relâche, ne t'arrêtant que pour boire.

25 octobre

J'ai décidé de mettre un peu d'ordre. En rangeant tes carnets, j'ai ouvert l'un d'eux. Il était daté de 1907. Sous un croquis, tu avais écrit : « Ce que je cherche, ce n'est pas le réel, pas l'irréel non plus, mais l'Inconscient, le mystère de l'Instinctivité. » Que voulais-tu dire ? Hier, quand Zbo est venu te voir, je lui ai montré le tableau que tu avais peint la veille. Il avait apporté du café venu d'Italie parce que tu aimes tout ce qui te rappelle ton pays. Pendant que l'eau chauffait, j'ai lu à Zbo la phrase du carnet.

— Oui, répondit-il, il me dit toujours qu'il veut exprimer le moi profond de ses modèles, ce qu'il y a de plus secret en eux. Chaque tableau devient pour lui beaucoup plus qu'une rencontre. Un acte de possession.

L'odeur du café t'a réveillé. Zbo voulait que tu te fasses soigner ou, au moins, que tu descendes à nouveau dans le Midi retrouver Soutine. Pendant qu'il essayait de te convaincre, je me suis approchée de la fenêtre. Tout paraissait sombre sous la pluie. Aucun bruit ne montait. Je me suis penchée pour regarder dans la cour. Alors je l'ai vue — sa silhouette encadrée par le fin treillis des gouttes qui coulaient du bord de son parapluie. De si loin, alors que le soir tombait déjà, il était difficile de distinguer son visage. Le grand col de son manteau me la fit reconnaître. C'était ma mère. Hissée sur la pointe des pieds, me dissimulant derrière la couverture qui nous sert de rideau, je l'ai observée. Dans cet air si gris, sous son parapluie incliné en arrière, elle restait immobile, le regard rivé à nos vitres. Elle paraissait à la fois résignée et interrogative, désespérée de ne pas réussir à imaginer la vie de sa fille ni pourquoi sa fille acceptait une telle vie. Bien sûr, elle était venue en cachette de mon père. Bien sûr, si j'allais la chercher pour lui proposer de monter, elle refuserait. Il y avait si longtemps qu'elle n'était pas entrée ici. J'avais honte de lui montrer notre logement dans l'état où il était.

Depuis combien de temps était-elle là ? La tension de son corps disait qu'elle n'était pas venue pour épier, mais pour comprendre. J'ai fait un pas en arrière, j'ai hésité. Puis j'ai vite revêtu mon manteau et je suis descendue. J'ai couru vers elle. Ses yeux se sont remplis de larmes. Elle n'a murmuré que ces mots :

— Quand viendras-tu ?

À cette question non plus, je ne pouvais pas répondre.

Lorsque je suis remontée, tu discutais avec Zbo. Je ne fis aucune allusion à ma mère. À quoi bon ? Tu ne la supportais pas depuis le blâme muet dont elle t'avait accablé pendant notre séjour dans le Midi. Elle ne disait rien, mais c'était encore pire. Tu sentais sans cesse sa surveillance, son inquiétude. Tu avais fini par quitter la maison pour t'installer dans un hôtel. Cela, je ne l'ai jamais pardonné à ma mère. Aujourd'hui, peut-être, pour la première fois, en l'embrassant sous la pluie, j'ai senti ma rancune s'atténuer.

26 octobre

Je continue à dessiner. Malgré tout. Malgré le froid. Malgré la faim. Malgré ma petite fille qui n'est pas là. Malgré mes bras inutiles puisque je ne peux la serrer contre moi. Malgré la maladie qui marque davantage ton visage, Modi.

Je dessine. Une façon de te rejoindre, de parler le même langage que toi. J'aime quand tu commentes mon esquisse. Ton doigt en suit le tracé. J'aime cette caresse-là, dont tu n'as pas conscience, car tu ne penses alors qu'au dessin et pas à moi. C'est notre secret. Je suis la seule, parmi toutes les femmes que tu as connues, à pouvoir être unie ainsi à toi.

Je voudrais recommencer à peindre. L'an dernier, j'ai fait un autoportrait où je me suis représentée telle que j'étais, à une soirée chez Kisling où Max Jacob avait chanté et dansé, retroussant son pantalon et faisant des pointes. Ma coiffure apprêtée, mon décolleté et mon collier rappelaient cette fête. Mais, derrière moi, sur mon tableau, les plantes avaient des feuilles pointues comme des armes. Pourtant le malheur n'était pas encore là. Est-ce que je le pressentais déjà ?

Si je dessine, si je veux continuer à peindre, c'est aussi pour que mes yeux ne deviennent pas vides. Comme ceux de cette femme à qui tu as prêté mon visage. Souvent, dans la journée, je l'observe. Pourquoi cette absence de regard ? Où s'est-elle perdue ? Moi aussi, il ne me reste rien. Rien. Seulement toi. Mon enfant n'est pas là. Mais toi, Modi, me remarques-tu seulement ? Si longtemps hier tu contemplais une reproduction de cette Vierge de Simone Martini. Tu ne te soucies que d'elle et du tableau que tu veux achever aujourd'hui. Ou de celui que tu commenceras demain. Je ne suis pour toi qu'une étape. Le moyen d'aller plus loin. Irai-je là-bas avec toi ? Giovanna, ma petite fille, à chaque instant je souffre de ne pas l'avoir avec moi. Mais elle ne doit pas partager notre vie. Moi seule, Modi, j'irai avec toi là-bas — là même où tu t'effraies d'aller.

La nuit, quand j'ai peur, seuls la chaleur de ton corps et son goût peuvent me rassurer. Pendant ces longues heures où je t'attends, le vide à mon côté m'effraie. Il dessine la forme de ton corps. J'ai mal du manque de toi.

Cette nuit, je n'ai pu résister au besoin de te voir, même de loin. Je suis allée à La Rotonde. J'ai ouvert la porte, tu n'y étais pas. Je suis passée au Dôme. Tu n'y étais pas non plus. J'ai cherché, je suis entrée dans des bars. Je t'ai trouvé enfin. À côté de toi, il y avait Kikoïne. Kikoïne qui a toujours faim. Sur la table devant vous, des dessins que personne n'avait achetés. Tu parlais, parlais et, comme toujours, tous se tournaient vers toi et t'écoutaient. Tu inventais, non pour tromper les autres, mais pour te surprendre toi-même, partir sur de nouveaux chemins. Tu étais beau, les regards autour de toi le disaient. Tes mains fendaient la fumée. À un moment, pourtant, il y eut une hésitation dans l'envol qu'elles traçaient dans l'air. Tu t'interrompis. Ton auditoire t'oublia, les conversations reprirent. Tu te taisais maintenant. Tes mains esquissèrent l'ébauche d'une courbe dans l'espace, mais, impuissantes, elles s'abaissèrent. Je reconnus ta douleur. Un crayon à la main, tu commenças à dessiner le portrait d'une de tes voisines de table, une jeune femme brune. Malgré le froid, elle avait largement ouvert son manteau pour mettre en valeur son cou.

Le lendemain matin, quand tu t'es réveillé, il y avait des papiers déchirés, d'autres froissés en boule, des dizaines de dessins autour de toi. Des dessins qui étaient presque des sculptures, où ton trait saisissait le volume.

Tu m'aimes, je le sais. Mais seul compte le tableau que tu es en train de faire ou celui que tu commenceras demain. Rien d'autre n'a d'importance. Ni toi que tu détruis. Ni moi que tu détruiras parce que tu me confonds avec toi.

28 octobre

Dans un coin, sous une chaise, traînent les espadrilles que tu as rapportées de Livourne — tu ne les mets pas, tu te contentes de les regarder. Elles te rappellent l'Italie, le soleil. Tu as froid, toujours froid ici. Tu me décris Livourne, l'air marin qui pénètre partout, les canaux du quartier qu'on appelle la petite Venise, les bougainvilliers qui débordent des murs, les magnolias aux grandes fleurs blanc et rose.

Il allait se promener avec son grand-père le long du canal qui menait à la mer, jusqu'au fort rouge et orangé du port des Médicis. Pendant qu'ils descendaient le quai où étaient amarrés les bateaux des pêcheurs, sur les façades ocre des maisons, au-dessus des grilles des fenêtres, une persienne verte se soulevait parfois, mais la personne qui la poussait n'apparaissait pas. Il ne voyait que de l'ombre. Il avait beau la scruter, il ne distinguait jamais aucun visage. Quand il m'a raconté cela, je me suis demandé si cette interrogation qui l'animait alors n'est pas restée toujours la sienne. Lunia et Paulette m'ont avoué que, comme moi, elles supportent mal, quand elles posent, la façon dont il les examine, son visage dur, presque hostile à force d'acharnement.

— Nous irons là-bas, dis-tu.

Alors, je natte mes cheveux. Deux longues tresses, attachées en couronne autour de la tête. Tu ne m'as jamais peinte ainsi.

En mai, quand tu as quitté le Midi pour revenir à Paris, tu m'as laissée à Cagnes avec l'enfant. Trop souvent sa présence m'accaparait. À la gare, quand tu as appuyé ta paume sur la vitre du train pour me dire adieu, j'ai décidé de te choisir, toi, mon amant. Jamais, plus jamais, nous ne serions séparés. Derrière ta main, la pénombre du wagon dramatisait tes yeux creusés, l'ossature accentuée de ton visage. C'était le dernier jour du mois de mai, l'air était doux, épaissi de la chaleur du soleil. Un souffle de vent fila. Aussi aigu que la pointe d'un fouet, il m'avertissait : il fallait protéger Giovanna. Qu'il n'y ait pas de place pour elle dans notre vie, cela a été évident dès sa naissance. Tu étais si heureux, si fier, tu avais fêté cet événement avec des amis, et tant levé de verres à sa santé que tu es arrivé trop tard à la mairie pour la reconnaître. La porte était fermée. Giovanna a donc été déclarée de père inconnu. Mes parents ne te le pardonneront jamais. Toi, tu vis dans une trop grande urgence, sans cesse les émotions t'assaillent.

Le train est parti. Des jours passèrent, indistincts. Sans toi, tout devenait irréel. Un matin — c'était le 24 juin — le soleil brillait si fort qu'on aurait cru qu'il allait enflammer le rideau. Je me suis précipitée à la poste. Je t'ai écrit un télégramme, te suppliant de m'envoyer de l'argent pour que je rentre à Paris.

À peine arrivée, j'ai confié Giovanna à Lunia, et j'ai couru dans les rues pour te rejoindre. Quand tu as ouvert la porte, debout contre moi, tu étais nu. De l'Italie tu avais gardé cette habitude de dormir sans vêtement. Tu m'enveloppas de tes bras, défis ma robe. Ton corps, chaud encore de sommeil, me brûla presque. Sa puissance me rassurait. Et c'est moi qui tremblais.

Malgré mes résolutions j'ai essayé de garder Giovanna, je ne pouvais me résoudre à m'en séparer. Mais tes éclats de voix, tes rires comme tes chansons l'effrayaient, ou c'était elle au contraire qui te dérangeait. Elle m'empêchait de te rejoindre. Lunia est venue, elle m'a trouvée assise sur le lit défait, l'enfant n'était pas changée, la pièce était en désordre et sale, je n'avais pas dormi. Lunia n'a posé aucune question. Elle m'a forcée à manger, puis elle a changé les draps et m'a couchée. Elle a emporté Giovanna. À ton retour, quand tu t'es aperçu que ta fille n'était plus là, tu es reparti dans la nuit, et tu as appelé, réveillé tout l'immeuble, rue Joseph-Bara, pour la réclamer. Le soir suivant, ce fut encore le même scandale. En rentrant, les bras vides, tu m'étais hostile.

— Tu n'es pas une mère, m'as-tu dit en me repoussant.

Je suis restée, éloignée de toi, au bord du lit, les yeux grands ouverts, aussi absents que ceux que j'avais sur le tableau. Pas une mère, pas une mère… Ces mots résonnaient dans ma tête. Et l'enfant qui bouge maintenant dans mon ventre, comment l'accueillerons-nous, comment pourrai-je m'en occuper ? Tu as allongé ton bras vers moi, et j'ai su que j'étais seulement ton amante.

29 octobre

Il fait si froid. Ce matin, je ne parvenais pas à me lever. Il était tard pourtant. Le jour pénétrait dans la pièce. Un reflet blanc brilla sur une chaise. C'était le métal de la boîte de sardines, notre dîner d'hier. Il devait y en avoir encore une autre. Où était-elle ? Je voulais me lever et jeter ces boîtes, mais j'étais trop fatiguée, j'avais trop froid. Nous attendons l'argent de Zbo pour acheter du charbon. J'irai en commander. Toi, tu te préoccuperas d'abord de te procurer du haschich.

Un peu de soleil s'est glissé par la fenêtre, une lueur ambre qui m'a donné la force de me lever. Tu dormais encore. En cherchant la dernière facture de charbon, j'ai feuilleté les autres papiers qui étaient dans le tiroir. Il y en a un, plus grand que les autres, que je reconnais toujours. Je le relis souvent. Il est daté du 7 juillet. Peu avant, je t'avais avoué que j'étais à nouveau enceinte. Cette nouvelle qui m'effrayait, tu l'as accueillie comme une fête. Zborowski, sa femme et Lunia furent convoqués aussitôt. Tu as écrit devant eux : « Je m'engage aujourd'hui 7 juillet 1919 à épouser Mademoiselle Jeanne Hébuterne aussitôt les papiers arrivés. »

Tu as daté à nouveau et signé. Zborowski et Lunia ont mis leur signature sous la tienne. Moi aussi.

Les papiers ne sont toujours pas là. D'ailleurs, très vite, nous avons cessé de les attendre. C'était un autre courrier que nous guettions : les articles découpés dans les journaux de Londres que tu envoyais à ta mère.

30 octobre

Tu aimes citer ce vers de Dante :

> *Descendons là-bas dans cet aveugle monde.*

Souvent tu le répètes. Cela se passe au premier cercle de l'Enfer. Tu connais beaucoup d'autres passages par cœur. Celui-ci aussi :

> *Pour un tel manque et non pour d'autres crimes*
> *Nous sommes perdus, et notre unique peine*
> *Est que sans espoir nous vivons en désir !*

Mais nous, quels sont les cercles qui nous restent à descendre ? Jusqu'où irons-nous ? Chaque jour, nous nous enfonçons plus loin, plus bas. L'air devient âpre, le vertige s'accroît. Dans la nuit, allongée auprès de toi, j'attends, j'ai peur. Je guette ta respiration. Chacune de tes quintes de toux me déchire. Avant la crise, quand tes doigts se crispent et blanchissent, j'ai mal déjà. Tu suffoques, on croirait que tu t'acharnes à retenir en vain un énorme rocher qui va t'écraser. Mais il y a pire : cette crainte de l'échec qui te rend fou parfois. Une nuit, des policiers t'ont trouvé endormi sur un banc de l'autre côté du Luxembourg, ivre mort. Pourquoi étais-tu allé si loin ? À quoi tentais-tu d'échapper ? Ton désespoir, sans cesse, il est là, aussi présent que ton ombre. C'est lui qui t'oblige à dessiner avec une telle urgence que tu saisis n'importe quoi. Tu n'as pas le temps, ni la force de chercher un crayon, un fusain ou un pinceau. Peu importe le support. Tu n'as pas le temps non plus de t'en soucier. Mais le portrait de Soutine que tu as tracé sur le parquet avec un morceau de charbon était digne de tes plus belles toiles. Tu l'as peint à nouveau, en le parant d'un grand chapeau, sur la porte de la salle à manger de Zbo et d'Hanka. Hanka, bien sûr, est furieuse — elle qui, en aristocrate polonaise, s'indignait déjà des manières grossières de Soutine, la voici obligée de vivre avec un petit Juif de Lituanie, sale et habillé comme un paysan ! Tu as accentué encore les lèvres épaisses de Soutine, son nez épaté. Il se tient mal, une épaule plus haute que l'autre — il s'accoudait ainsi sur la table après le repas. Conscient de l'irritation d'Hanka, il en rajoutait parfois dans la provocation, prenant plaisir à la scandaliser.

Dès que nous allons chez Zbo, le même dialogue se répète :

— Je ne m'y habitue pas, reproche Hanka. Comment voulez-vous que je supporte cela ? Chaque fois que je m'approche de la porte pour entrer dans ma chambre, je rencontre ces yeux de fou ! On croirait un assassin prêt à s'enfuir !

— Mais non, réplique Modigliani, les seules mauvaises actions de Soutine, c'est de ne pas savoir se tenir à table, ni se moucher en public. Quant à ce regard qui ne vous plaît pas, c'est vous qui en êtes responsable. Vous nous aviez fait un trop bon repas. Et Soutine, qui ne mange jamais à sa faim, avait trop mangé. Alors il s'est endormi après le dîner. Ces yeux-là ? Ce sont simplement des yeux qui luttent contre le sommeil ! C'est un timide, il n'a pas osé partir…

Comme tu l'avais fait vite, ce soir-là, ce portrait ! Zbo en était stupéfait. Je me souviens aussi de l'étonnement de Germaine, la fiancée de Survage. Tu l'avais observée avec attention tandis qu'elle jouait du piano. Quand elle a posé, tu as esquissé en quelques minutes l'essentiel de son personnage — on aurait pu croire que tu avais tout prémédité et ne faisais que transcrire des lignes déjà tracées.

Cette rapidité que chacun admire, n'en es-tu pas prisonnier ? Loin d'être une facilité, elle est un obstacle : tu ne peux jamais y renoncer. Ou tu ne veux pas. Je suis sûre qu'elle est destinée à masquer quelque chose. Mais quoi donc ? Que veux-tu oublier en allant si vite ? J'ai compris cela quand Lipchitz m'a raconté l'histoire du tableau où tu l'as peint avec sa femme. Il voulait te rendre service et te faire gagner de l'argent. Un après-midi t'a suffi pour faire ce double portrait. Tu ne t'interrompais que pour boire : Lipchitz était venu avec une bouteille. Tu avais fixé ton prix — un peu d'alcool et dix francs. Pour pouvoir te donner davantage il a proposé de reprendre la séance de pose le lendemain. Tu as haussé le ton :

— Si vous voulez que je gâche tout, je peux continuer.

Il y avait de la fureur dans ta voix.

Avec Utrillo, tu t'amuses même à faire des courses de vitesse — à qui peindra le plus vite ! Tu lui cites en exemple Luca Giordano, « un peintre du XVIIe siècle dont j'ai vu les tableaux à Lucques et à Naples. Il ne m'est proche en rien. Seulement en cela : on l'appelait "*Il fa presto*" parce que, comme moi, il peignait ses tableaux en une seule journée ». Quelle peur est là, qui s'accroît chaque jour ? Que veux-tu fuir, qui serait insoutenable si tu t'arrêtais ? Les analyses de tes amis cubistes, tu t'en soucies peu. Quand les futuristes t'ont demandé de signer leur Manifeste, tu as refusé. Ces théories, tu n'en as que faire. La raison, tu la dédaignes. Tu cherches un chemin plus rapide, celui qui court-circuite.

31 octobre

Dès ton réveil, tu as besoin d'alcool. Je t'en donne parce qu'une priorité l'emporte sur toutes les autres : le nouveau tableau que tu vas peindre.

Quand tout cela a-t-il commencé ? Peut-être le lendemain du vernissage de l'exposition qui, pour la première fois, t'était entièrement consacrée. Dans sa galerie, Berthe Weill avait déjà montré Picasso, puis Van Dongen, Pascin, et tes amis Utrillo, Vlaminck... C'était ton tour. Pour le carton d'invitation, tu avais choisi un dessin où j'étais nue, debout : « Tu me porteras bonheur ! » avais-tu dit. À côté de moi, des dates étaient inscrites : « Du 3 au 30 décembre 1918. » Tout un mois donc, pendant lequel tes tableaux, tes dessins aussi, seraient enfin visibles. Mais ta joie fut brève. Tes plus beaux nus, Zbo avait voulu les mettre en vitrine. Ils attirèrent en effet l'attention. Trop justement. Les passants s'arrêtèrent. Bientôt ils furent si nombreux, massés là, devant ce 50 de la rue Taitbout, que la police s'inquiéta. Je me souviens de notre stupéfaction quand un agent entra dans la galerie pour ordonner qu'on enlève les nus. On crut à une plaisanterie, jusqu'au moment où Berthe fut contrainte de le suivre au commissariat parce qu'elle refusait de lui obéir. À son retour, un policier fendit la foule en proclamant avec colère :

— Si vous n'enlevez pas vous-même ces nus, je convoque mes agents et je les fais tous saisir.

Les passants riaient. Sans doute partageaient-ils l'avis du commissaire : ces tableaux étaient des ordures, avait-il déclaré à Berthe, ils salissaient le regard. À son retour, Berthe gardait les yeux encore écarquillés d'étonnement derrière ses lunettes aux verres épais. Elle a fermé la galerie, les invités ont aidé à décrocher les toiles. La fête était finie. Aucun tableau ne fut vendu.

Le lendemain, tu n'étais plus le même. Il y avait dans ta voix une déchirure qui est restée depuis. Longtemps, inlassablement, Zborowski et toi, vous vous êtes interrogés sur les quolibets des passants et les injures du commissaire. Quand Berthe lui avait demandé pourquoi ces nus le choquaient tant, il s'était dressé en hurlant :

— Des poils ! Vos nus, ils ont des poils !

— Tu vois, sourit tristement Modi, j'ai raison de mentir. Les gens ne supportent jamais la vérité.

Aujourd'hui, sur la toile que tu as prise pour me peindre, il y avait déjà une esquisse. Mon portrait le recouvre peu à peu. Moi aussi je voudrais avoir ce pouvoir : je voudrais effacer. Effacer ton désespoir. Chacun remarque que tu peins maintenant d'une manière différente, plus fluide, plus sinueuse. Est-ce moi qui t'ai changé ? Parfois, quand tu me dessines, quand tu cherches la ligne essentielle, celle qui résume tout, je sais que tu rejoins cette nuit, la première que nous avons passée ensemble : tu me regardes comme tu n'avais cessé de le faire cette nuit-là. Tu poses tes couleurs par touches légères, t'attardant comme si tu découvrais mon corps à nouveau. Puis, brusquement, tout bascule : je ne suis plus qu'une figurante dans ton tableau.

— Mon vrai sujet ? C'est la peinture ! m'as-tu répondu un jour, presque avec colère.

Mais moi, chaque fois, je veux savoir cela : à quel moment m'as-tu quittée ?

Que ferais-je de Giovanna dans ces moments-là ? Je veux, je dois être là, avec toi, pour toi. Te rejoindre. Par-delà tes rires, tes éclats, ta violence, tes forfanteries. Te rejoindre, au plus secret, là où réside la certitude qui guide ton trait. Malgré ma fatigue, je continue à dessiner et à peindre : je veux parler la même langue que toi.

2 novembre

Chaque journée est plus difficile. Tu toussais. Mais tu as voulu encore plus d'alcool. Hier soir, au Salon d'Automne, personne n'a remarqué tes tableaux. Tu as pris presque tout l'argent que nous avons, tu es revenu avec du haschich.

Parfois, tant je suis lasse, je crains que mes yeux ne soient devenus vides, aussi vides que ceux de ce portrait que tu as fait de moi hier.

Ces yeux sans regard signifient-ils la peur ?

4 novembre

À mon réveil, j'ai vu que le bleu dominait dans les yeux de mon portrait. Il y avait d'autres couleurs sur la toile, mais sa présence, malgré sa légèreté, l'emportait. Tout semblait n'être là que pour le mettre en valeur, ce bleu — le tableau avait été fait pour lui. Que signifie donc ce bleu, pourquoi est-il si important pour toi ? Presque immatériel, impalpable, il ressemble à un appel. Quelque chose affleure à travers lui, qui ne peut être suggéré que par lui.

Je regarde cette femme qui porte mes vêtements. Elle incline un peu le visage, tend les mains. C'est moi en effet, et pourtant ce n'est pas moi. La nuit, tu t'allonges en moi, mais c'est elle que tu veux posséder. Moi, c'est toi que je veux, ton corps sur le mien, tes mains, ta voix, et cette mèche qui tombe sur ton front et que j'aime ramener en arrière.

5 novembre

Il respirait si fort, cette nuit ! J'ai allumé la lumière. Son profil était devenu presque dur. Est-ce que sa beauté aussi va disparaître ? Pourtant, cet après-midi, quand nous marchions dans la rue ensemble, les passants se retournaient. Pourquoi ce pouvoir ? Un bel Italien, doit-on se dire. Sans doute dans son pays on ne le remarquerait pas autant. Lunia dit que son regard est un soleil. Personne ne peut lui résister. Il regarde comme s'il prenait dans ses bras. On est enveloppé, saisi entièrement.

Même de loin, sans voir son visage, on le distingue des autres. « Un jeune dieu déguisé », dit Zadkine. Il semble croire que tous ne sont là que pour l'attendre. À Montparnasse, on l'appelle le Prince. Quand il y a eu ces attaques antisémites, le lendemain, il tendait ses dessins pour les vendre avec encore plus de superbe — d'une voix haute, provocante, il déclarait à la cantonade :

— Modigliani, juif, cent sous.

J'aime sa démarche à la fois majestueuse et désinvolte, la hauteur avec laquelle il s'arrête et dévisage. Avant de te connaître, Modi, j'avais déjà entendu parler de toi. On m'avait raconté qu'un touriste t'avait acheté deux dessins — tu as laissé tomber à terre le billet qu'il venait de te donner : un vieux peintre, plus pauvre que toi encore, venait d'arriver. Tu savais qu'il avait faim, et tu voulais qu'il le prenne, sans être humilié par une aumône. C'était vrai. Tant et tant d'anecdotes encore. Tu en ris quand on te les raconte.

Mais ces histoires vraies ou ces légendes ne suffisent pas à expliquer cet étrange pouvoir qui est le tien. Hier soir, à La Closerie des Lilas, un groupe s'était rassemblé autour de toi et t'écoutait parler. Tu te plaisais à parler de ton grand-père banquier. Pourquoi donc inventer ce mensonge, pourquoi t'en enorgueillir ? Tu déclares aussi que tu descends de Spinoza... Longtemps je t'ai cru, mais un soir tu m'as avoué en riant que l'arrière-grand-mère de ta mère, Régine Spinoza, n'avait aucun lien avec le philosophe. Il n'empêche, pour impressionner mon père, féru de philosophie, et si irrité parce que tu es juif, je lui avais déjà dit que Spinoza était un de tes ancêtres — je n'ai pas démenti.

Ce soir, tu parlais à nouveau de ton grand-père banquier, en donnant de nombreux détails sur sa façon de vivre, sur sa richesse, sur les maîtres d'hôtel qui vous servaient. Un instant, moi-même, je me suis demandé si je ne me trompais pas, si ce que tu disais n'était pas vrai.

On t'interrogeait, tu n'étais jamais pris au dépourvu. Chaque fois tu répondais avec précision. Je t'observais, tant de questions développaient une sorte de fièvre chez toi, une jubilation. Ton accent italien revenait, devenait plus chantant. Tu parlais plus vite, le buste un peu rejeté en arrière, tes yeux étincelaient. Je t'ai demandé plus tard pourquoi tu mentais ainsi — il y a eu alors ce trouble dans ton regard. Une fragilité est apparue. J'ai regretté ma question. « Pour jouer », allais-tu répondre, mais tu t'es repris.

Pourquoi cette histoire de banquier ? Pour compenser ta pauvreté actuelle — par orgueil donc encore ? J'ai remarqué que tu te plaisais surtout à évoquer les spéculations qui auraient été faites — ce n'était pas l'argent qui t'intéressait, mais les manœuvres, l'ingéniosité pour le gagner. Un ancêtre banquier ? Un autre philosophe ? De quoi t'arroger une supériorité dont tu es certain mais qui n'est pas encore reconnue. Cela te rassure, et puis tu t'amuses aussi sans doute et te moques — des autres ou de toi-même.

6 novembre

Les yeux de cette femme qui est mon portrait — elle semble ne rien voir. Ce tableau m'apparaît comme une menace, ou une prémonition du destin qui m'attend. Souvent je fais un détour dans la pièce pour éviter de le regarder. Je lui tourne le dos, ou je baisse les paupières pour éviter de rencontrer ces yeux si absents. Vont-ils être vraiment les miens ? Parfois je me demande si un jour le bleu du ciel ne va pas envahir ainsi tout mon regard. Moi ? Effacée. Disparue ?

7 novembre

Le bleu du ciel. Le bleu des fresques d'autrefois. Le bleu du manteau des Vierges — le bleu du ciel de ton pays. Nous irons là-bas, à Livourne, quand l'enfant sera né.

8 novembre

Ta fièvre, ta peau moite au matin. Cette chaleur de ton corps qui m'effraie. C'est moi qui pose alors les mains sur toi, moi qui t'enlace. Il faut que je te réveille, il faut que je t'empêche de basculer ailleurs. Là-bas.

Là où je ne peux pas te suivre.

8 novembre, le soir

Je regrette que Soutine soit resté dans le Midi.

— C'est un bougre ! dis-tu avec affection, et c'est le plus grand des peintres.

Tu ne cesses de rapporter des anecdotes à son propos. Quand nous avons froid, tu évoques des jours encore plus difficiles à la Cité Falguière. L'atelier était si infesté de punaises que vous avez dû vous entourer de rigoles d'eau pour qu'elles ne puissent vous atteindre.

— Nous nous allongions entre les rigoles, me disais-tu. Moi je relisais *Ainsi parlait Zarathoustra* et lui *Le Petit*

Parisien. Nous étions tranquilles, fiers de cette installation qui nous protégeait. Mais les punaises ont grimpé au plafond et elles se laissaient tomber sur nous.

Tu t'irritais des silences de Soutine. Souvent il devenait sauvage, taciturne. Je me suis étonnée que tu aimes tant parler de ces années-là, puis j'ai compris : c'était l'époque où tu sculptais encore. Tu racontais comment, autour de Soutine, le local qui vous servait d'atelier devenait un tohu-bohu, avec des tubes ouverts qui avaient l'air de dégorger du sang. Toi qui faisais poser si brièvement, tu étais fasciné de le voir retravailler son sujet, le reprenant sans relâche.

— Treize séances, parfois quinze séances ! me disais-tu, encore étonné.

Tu admirais l'une de ses natures mortes. Il la déclarait inachevée, mais, le lendemain, elle avait disparu. Vendue ? Soutine te montrait des petits morceaux de sa toile, accumulés par terre, dans un coin : il l'avait entièrement découpée. Quelques jours plus tard, il disposait ces lambeaux sur le sol, les recollait, les peignait à nouveau.

Moi aussi, j'aime Soutine. Pour moi, il est toujours resté le même : celui qui est arrivé à Paris, son sac sur le dos, à 6 heures du matin. Il frappait à la porte de Krémègne. De Paris, il ne connaissait rien, pas même le nom de Montparnasse, seulement ce mot « La Ruche » — la cité des artistes. Pour ce mot, il avait quitté la Lituanie et son village natal. Aujourd'hui, il a francisé son nom de famille, mais il a gardé son prénom, Chaïm : « Pas question d'y toucher, m'a-t-il expliqué, il signifie "vie" ! »

9 novembre

J'ai croisé ce matin le jeune garçon qui aide le menuisier. D'habitude quand on entre dans la boutique, il est avenant, souriant — le visage qui convient à sa fonction. Mais, aujourd'hui, dans la rue, il avait une expression mélancolique, presque triste, proche de celle que tu lui avais donnée dans ton portrait. Tu avais donc décelé cela, si rapidement que tu l'aies regardé. J'ai compris que, par-delà les apparences, tu veux atteindre ce qui n'est jamais dit, peut-être ce que chacun ne sait pas de lui-même.

Cela fait plusieurs jours maintenant que j'écris sur ce cahier. Il est mon refuge. Dans la journée, parfois, même si je n'ai pas le temps d'écrire, je m'approche et le touche. Si je le relis, je reviens toujours à ce soir où tu as ouvert la porte, trop ensommeillé encore pour te soucier de t'habiller. Ton corps était si chaud, brûlant de la chaleur du lit. Sa puissance me rassurait et c'est moi qui frémissais parce que j'avais envie de toi. Maintenant, cette légère fièvre qui ne te quitte plus me rappelle, dès que je t'approche, ce moment-là où tu as refermé tes bras sur moi, commencé à défaire ma robe. Si vite que tu l'as un peu déchirée.

Ce journal, je le tiens pour comprendre, pour suivre cette descente que nous faisons dans la souffrance, le malheur, la maladie, la misère. Souvent j'ai l'impression de t'écrire ce que je n'ose te dire. Parfois, au contraire, j'essaie de consigner de façon neutre, comme le ferait un médecin ou un juge, ce que nous vivons. C'est le seul moyen de ne pas glisser trop vite, de résister encore. Il faut que je note, que j'observe ce qui nous arrive. Observer pour éloigner le drame, au lieu de le subir. Pour mieux comprendre, je tente de m'imaginer à distance — je ne suis plus une des actrices, je suis la spectatrice de ce drame qui se joue. Ne pas seulement t'accompagner, me détruire avec toi. Mais lutter, te sauver. Je veux comprendre. Comprendre pourquoi tu te détruis ainsi.

Je me demande souvent comment nous mangerons demain. Il faudra encore réclamer de l'argent à Zbo. Si les tableaux se vendaient, cela ne changerait rien. De toute façon tu dépenserais tout, immédiatement.

10 novembre

Je sais qu'il fait exprès d'exagérer son accent. Il aime montrer qu'il est italien. Il l'est d'ailleurs tellement que, quand Severini et lui se sont croisés dans la rue, à leur seul physique et à leurs vêtements, ils se sont reconnus pour compatriotes. C'est vrai, tu ne t'habilles pas comme les autres. Tu portes toujours des tenues inattendues, une veste qui laisse dépasser des manchettes, une chemise à lavallière, une ceinture en tissu dont tu entoures ta taille cinq ou six fois. Elle est si large que l'autre jour un de tes amis en tenait un bout, tandis que tu t'amusais à tourner sur toi-même pour la dérouler. Puis, en riant, tu l'as enroulée à nouveau de la même façon… Il y a une sorte de provocation, de défi voluptueux à affirmer ainsi ta différence, montrer que tu n'es pas d'ici. La présence de ton corps en est encore accrue.

L'Italie, ton pays, tu veux y retourner. Il fait si froid ici. Tu as écrit à ta mère que nous viendrions pour un long séjour. Au moins jusqu'au 12 juillet : ce jour-là tu auras 36 ans.

12 novembre

Tu parles, mais moi je ne t'écoute pas toujours. Je regarde ta lèvre inférieure plus épaisse.

13 novembre

Je voyais sa nuque encore humide, ses cheveux bouclés. Il dessinait. Sans modèle, cette fois-ci : il lui suffisait de se souvenir de ses mains posées cette nuit sur mes hanches. Sans doute m'avait-il caressée pour mieux posséder cette courbe. J'étais émue, mais presque jalouse aussi de cette femme nue, allongée, que traçait son crayon — pensait-il à moi cette nuit quand il me caressait, passait longuement ses mains sur mon corps, ou ne pensait-il déjà qu'à elle ? Notre amour, mon plaisir et le sien n'étaient destinés qu'à préparer cette femme qui surgissait maintenant sur la feuille, la perfection du tracé de sa hanche.

14 novembre

Ce matin, il dormait encore, il était rentré très tard dans la nuit. Moi, j'étais restée debout, près de la fenêtre, comme si, à guetter sans cesse le coin de rue d'où il surgirait, je pouvais l'obliger à arriver plus vite. Pourtant c'est seulement lorsque je me suis détournée, trop lasse, m'apprêtant à me coucher, que j'ai entendu son pas dans l'escalier. Un pas lourd, très lent, marqué de temps d'arrêt.

Je savais ce que cela signifiait. Il avait beaucoup bu, plus que d'habitude. Un instant j'ai cru que je m'étais trompée : l'escalier était à nouveau silencieux. Ce n'était donc pas lui. Peut-être le voisin du dessous qui était arrivé à son palier ? J'ai ouvert la porte : il se tenait de côté, appuyé contre le mur. Il regardait droit devant lui, ses yeux errèrent sur moi, sans qu'il semblât me reconnaître. Il vacillait. J'ai couru vers lui pour l'empêcher de tomber.

Il me paraissait si étrangement fragile, et son corps que j'avais tant désiré me bouleversait tandis que je le déshabillais et le couchais comme s'il avait été un enfant. Très vite, il s'est endormi. J'ai ôté aussi mes vêtements, et je me suis couchée près de lui, puis sur lui. Allongée tout entière sur son corps, ma tête lovée contre son cou. Ce n'était pas du désir. C'était, au-delà encore, une volonté de me confondre avec lui pour épuiser sa souffrance. Il restait abandonné dans son sommeil, sans bouger, sans paraître conscient de ma présence. Pourtant, avec lenteur, dans un effort qu'il ne put maintenir, il a levé un peu son bras. J'ai pensé qu'il voulait m'enlacer. Il n'a pu achever son mouvement. Son bras est retombé sur le drap. J'ai pleuré.

La pâleur de l'aube m'a réveillée. J'avais oublié de fermer le rideau. Je me suis levée. J'ai cherché partout. Les dessins qu'il avait emportés la veille pour les vendre n'étaient pas là. Il n'avait pas d'argent non plus.

La clarté qui avançait dans la pièce pointa sur le dossier d'une des chaises. Il lui arrivait de l'utiliser pour y poser sa toile lorsqu'il travaillait. Pas de chevalet. Une installation précaire. Le refus d'un cérémonial, ou de ce qui paraîtrait ennoblir l'acte de peindre. On dirait qu'il veut le rendre anodin, le plus banal possible. Mais je suis sûre qu'il y a une autre explication. Peut-être celle-ci : se mettre ainsi, presque avec désinvolture, devant sa toile, c'est écarter toute appréhension. La semaine dernière, je suis entrée à l'improviste. Surpris, il s'est tourné vers moi sans pouvoir masquer l'inquiétude qui crispait ses traits. J'ai découvert ce que je craignais, et qui est peut-être son secret : cette déception, presque une insatisfaction dans son regard. L'hésitation d'un voyageur devant plusieurs chemins. Son assurance habituelle avait disparu. J'ai compris alors que ses certitudes ne sont pas aussi fortes qu'il l'affirme. Ses mensonges, son orgueil, sa façon de plastronner… autant de moyens de construire une image de lui qui le rassure. Si les autres y croient, pourquoi ne serait-elle pas vraie ?

J'ai disposé les assiettes, mis les couverts. Je m'attardais plus qu'il n'était nécessaire pour guetter cette faille que je ne connaissais pas sur son visage. Pourtant il me semblait l'avoir déjà entraperçue un autre soir, il n'y a pas très longtemps. Mais quand ?

À côté de la palette il avait posé une reproduction de *L'Annonciation* de Simone Martini. La Vierge se détournait un peu. J'ai regardé la toile posée sur le chevalet — on y retrouvait la même grâce sinueuse, la même élégance des lignes. Pourquoi ce désarroi sur ton visage, Modi ? Craignais-tu d'avoir échoué ? Je n'ai pas compris tout de suite. Plus tard, alors que tu venais d'achever le tableau, tu t'en es éloigné aussitôt. Tu refusais de le juger.

15 novembre

Chaque matin je décide que la journée ne sera pas aussi difficile que la précédente. Chaque soir je constate qu'elle a été pire. Cet Enfer de Dante dont tu te plais à déclamer de longs passages, je crois que nous en descendons tous les cercles, et d'autres, plus terribles encore d'être inconnus. Oui, je sens à la fois ce vent glacial qui nous cisaille et la brûlure des flammes qui nous menacent. Nous descendons toujours plus loin, plus bas. Pourtant ce malheur me donne un inattendu sentiment de fierté.

Parce que nous le partageons. À l'écart des autres. Personne ne peut t'accompagner comme je t'accompagne. Personne n'oserait. Aucune des femmes qui t'ont aimé ne s'est aventurée si loin. Moi, je veux vivre ce que tu vis, je veux tout partager avec toi. Plus le malheur est excessif, plus il rend unique notre union.

16 novembre

Chaque journée confirme par une nouvelle preuve que nous sommes entrés plus avant dans le malheur. Hier, c'était cette feuille de dessin qui t'a échappé des mains. Tu l'as laissée là, sur le sol, sans te baisser pour la ramasser, ce que tu n'aurais jamais fait auparavant.

17 novembre

Tu dors encore. Il est presque midi. J'essaye d'imaginer ce que fait notre petite fille en ce moment. Souvent tu décides que nous allons la voir, mais une autre urgence t'emporte au dernier moment. Nous devons remettre le voyage. Je pourrais partir seule, mais je n'ose te quitter.

Quelquefois même je renonce à acheter des pâtes ou du pain. Tu tousses, tu as la fièvre, ou je sens que tu risques d'avoir besoin de moi pour poser. Alors je ne sors pas. Quand je reste ainsi enfermée longtemps, je ne peux m'empêcher, à plusieurs reprises, de regarder la porte — j'aurais tant envie de l'ouvrir, d'oublier ce malheur, cette tristesse. Je voudrais que nous franchissions le seuil tous les deux, pour revenir en arrière, là-bas, pendant ces jours où nous étions heureux. Des jours de soleil où l'air était léger, où tu riais.

J'ai lissé des doigts les pinceaux, les tubes de couleur. Je me suis approchée de la toile, j'ai vu les signes que tu y avais tracés. L'étoile de David. Un triangle. Des chiffres. Que signifient-ils ? Peut-être seulement une date, un rendez-vous. Parfois tu t'amuses à inventer des codes plastiques, à retrouver des significations astrologiques. Quand Max Jacob est venu, vous en avez parlé. Je me suis écartée à l'autre bout de la pièce. Mais je pouvais entendre que vous citiez la kabbale, des textes que tous les deux vous aviez lus dans votre enfance.

18 novembre

Ce journal, j'aurais voulu qu'il m'aide à comprendre cela : pourquoi chaque matin est une réplique de celui qui précède, mais, semblable à une fleur qui perd ses couleurs, devient chaque jour plus aride, plus triste, plus sévère.

Le même matin donc, mais un cran en dessous dans le malheur ou dans la destruction. Peut-être parce qu'il fait si froid maintenant, et que le jour est toujours gris.

Hier j'ai constaté que l'un des pinceaux gardait encore des traces de peinture. Pour la première fois, tu n'en prends pas soin. Je l'ai nettoyé. J'ai ramassé aussi des dessins qui traînaient par terre. Parmi eux il y avait deux reproductions : la *Vénus endormie* de Giorgione et *Le Printemps* de Botticelli. Elles étaient un peu froissées, une entaille sur le côté montrait que tu avais voulu les déchirer. Mes mains tremblaient : de ta part cette agression était sacrilège.

19 novembre

Dans la nuit il tousse encore plus fort. Le son rauque de sa respiration m'effraie.

Zbo lui aussi est inquiet. Il voudrait faire venir le médecin. Modi refuse. Pourquoi ? Parce qu'il craint que celui-ci ne lui laisse plus d'espoir ? L'an dernier, lorsque son état s'est aggravé, il a accepté de partir dans le Midi. Il avait cessé un moment de boire. Mais, aujourd'hui, quand je le supplie de se faire examiner, il me répond :

« Non. » Un non presque brutal. Il a choisi : il préfère se laisser mourir.

On m'a dit que lorsque Modi était dans la misère la plus extrême, incapable de s'acheter des couleurs ni de se payer à boire, Zbo était allé jusqu'à jouer au poker pour lui venir en aide. Aujourd'hui, il vend des tableaux, il nous apporte chaque mois de l'argent. Mais qui disparaît vite, très vite… Ce matin, Zbo expliquait à Modi qu'il devait se soigner. Déjà sa seule présence est rassurante. Il paraît si calme, assis très droit, ses longues mains posées l'une sur l'autre. Tout en lui est raffiné, ses vêtements et le moindre de ses gestes. Une distinction distante qui est celle aussi de son visage — c'est une façon de mettre le malheur à distance, dit-il.

« Même mes poèmes, m'a-t-il raconté, je m'interrompais et cessais de les écrire si Modi avait besoin de moi. Pourtant, ce n'est pas toujours facile de l'aider. Un jour, je n'avais pas beaucoup d'argent, mais comme il se plaignait de ne pouvoir peindre des nus, j'avais fait venir un modèle chez moi, rue Joseph-Bara, dans une pièce — la plus grande ! — que je lui réservais pour travailler. Elle l'a attendu en vain. J'étais inquiet. Je suis allé chez Modi, il était couché, complètement ivre. Les couleurs que je lui avais données, il les avait revendues pour acheter du vin. »

Zbo a été l'ami le plus fidèle. Il l'a même logé un temps dans une chambre d'hôtel où il habitait avec sa femme. Il peut donc deviner notre vie et ce que j'essaye de cacher aux autres. Souvent, tandis que nous attendons Modi, ou qu'il se repose encore, je fais parler Zbo : j'ai besoin de tout connaître de Modi. Ses liens avec Béatrice Hastings surtout. Non par jalousie. Du moins pas pour la femme. Une seule question m'obsède : pourquoi, quand il vivait avec elle, a-t-il changé sa manière de peindre ? En était-elle responsable ? Sur l'un de ses portraits, elle apparaît presque arrogante, autoritaire. Avec quelque chose de fougueux. Le contraire de moi, en somme. Modi était amoureux, bien qu'il parle maintenant d'elle avec irritation. Il l'aimait assez en tout cas pour lui interdire d'être le modèle de Kisling : « Quand une femme pose pour un homme seul, avait-il déclaré, elle se donne. » Sa beauté ? Je n'en suis pas jalouse, je suis plus belle qu'elle. C'est son insolence que je lui envie et les défis constants qu'elle lançait à Modi. Dans notre amour à nous, il n'y a que douceur. Au contraire, Zbo et Soutine, Kisling aussi, m'ont raconté leurs disputes, leurs colères, des scènes violentes même. Elle aussi buvait. Si libre, elle provoquait sa jalousie. Avec moi, Modi se conduit en homme du Sud : je sors peu avec lui, il préfère que je reste à la maison, ou que je me tienne un peu à l'écart. Béatrice, elle, l'entraînait dans des soirées, avide de tous les plaisirs. Peu m'importent leurs baisers, leurs étreintes. Ce que je veux savoir, ce que je veux savoir par-dessus tout, c'est si elle était plus proche de sa peinture que je ne le suis. Dans ses portraits, Béatrice l'affronte de ses yeux perçants, un peu étrécis pour maintenir cet effort. Elle n'est pas passive, soumise comme les autres modèles, comme moi surtout. Et même ses amis, le docteur Paul Alexandre ou Blaise Cendrars, si Modi leur donne un vrai regard, c'est pour s'adresser indistinctement à celui qui se trouve en face d'eux, pas forcément au peintre.

Mais elle, Béatrice, c'est bien lui qu'elle regarde, celui qui la peint en ce moment même, son amant. Qui est peut-être aussi son ennemi ou son rival. Je n'ai pas osé poser directement ces questions à Zbo. A-t-il deviné mes craintes ? Comme pour minimiser le rôle de Béatrice, il se plaît à me raconter des histoires sans importance. Ainsi cette soirée où Béatrice s'était habillée d'une robe noire : Modi avait pris un pinceau et dessiné sur le tissu des papillons aux couleurs flamboyantes.

C'est Béatrice qui a rompu. Une première fois, déjà, elle l'avait quitté, et Modi était allé la chercher à Montmartre. Je m'étonne, je ne comprends pas : comment peut-on se passer de toi, Modi ? Comment peut-on renoncer à te voir ?

Foujita, lui aussi, m'avait décrit Béatrice, ses caprices, sa passion pour les chapeaux les plus excentriques. Elle s'amusait à se promener avec un panier en osier où l'on pouvait transporter des volailles. Il lui arrivait même d'y mettre un canard.

Elle était cultivée, elle écrivait des articles dans les journaux. Mais surtout elle écrivait des poèmes — ils avaient donc pu avoir un vrai dialogue de créateurs. Est-ce Béatrice qui a donné à la peinture de Modi une intensité qu'elle n'avait pas avant leur liaison ? Avec, aussi, quelque chose de serein qui me trouble et m'inquiète. Était-il donc heureux avec elle ? Non, cette sérénité devait correspondre à un moment où il prenait conscience de ce qu'il voulait atteindre en peinture. Une certitude l'habitait désormais. Béatrice en était-elle responsable ? Je voudrais le savoir, cela seul m'importe. Pourquoi doute-t-il maintenant ?

Béatrice disait qu'il était à la fois très raffiné et très grossier. « Une perle et un cochon. » Pourquoi était-il grossier avec elle ? Que lui reprochait-il ? Il s'était mis en colère parce qu'elle s'occupait trop de la vente de ses tableaux.

20 novembre

Il fait encore plus froid. L'eau est presque glacée. Je ne rangerai pas la pièce. Je suis trop fatiguée. Aujourd'hui encore, il a laissé tomber un dessin sur le sol sans plus s'en soucier. Mais je suis trop lasse, trop découragée. Je n'ai pas ramassé le dessin. J'ai seulement fait un détour pour ne pas l'abîmer en marchant dessus.

21 novembre

Le médecin n'est toujours pas venu. Tu t'obstines à refuser de le voir.

J'ai aperçu dans la rue la petite fille que tu as peinte dans une robe bleue. J'ai eu mal, très mal. J'ai pensé à notre petite fille que nous ne voyons jamais. J'imagine qu'elle a changé. Nous ne la verrons peut-être jamais grandir.

La petite fille n'avait pas le ruban rouge qu'elle portait dans ton tableau — est-ce vraiment la même fillette qui a posé pour toi ? Oui, sans doute, puisqu'elle m'a dit bonjour. Mais elle a paru en même temps étonnée, comme si elle n'était pas sûre de me reconnaître. Elle a gardé son air résigné. Nous avons pris le même chemin, en sorte que je la suivis un peu dans la rue. Sa jupe était déchirée, l'ourlet en partie défait. Pour la pose, elle avait dû mettre sa plus belle robe, à moins qu'on ne la lui eût prêtée, mais je suis sûre que tu avais deviné cette misère. Sinon pourquoi lui aurais-tu donné ce visage si grave, qui exprime presque des sentiments d'adulte ?

Moi, parce que cette petite fille m'avait rappelé la nôtre, j'étais plus triste encore.

Quand je t'ai retrouvé, tu m'as entourée de tes bras. Il n'y eut plus que la chance d'être avec toi.

J'ai regardé le tableau que tu venais d'achever. Derrière la toile, tu avais tracé des figures géométriques. Que signifiaient-elles ? Max Jacob le saurait, lui. Ou, tout au moins, l'un de ses deux yeux ! Tu l'as représenté avec des yeux très différents. L'un est chargé d'ombre, lumineux, profond. L'autre, on croirait qu'il est aveugle, sans vie — à moins qu'il ne soit tourné vers lui-même.

— Pourquoi cette différence entre les deux yeux ? ai-je demandé.

— Il y a celui dont nous nous servons dans la vie quotidienne, et l'autre, le plus important, c'est celui qui voit par-delà, celui de la divination.

J'ai essayé de ranger autour de nous pour oublier tes paroles. La divination est un mot que je refuse. Je ne veux pas savoir, pas essayer de deviner ce qu'il va advenir de nous.

Hier soir donc, je t'attendais comme à l'habitude. La nuit devenait plus dense, et il me semblait que toute son épaisseur allait me séparer davantage de toi et que nous ne nous reverrions jamais. Je te guettais par la fenêtre. Parfois, malgré le froid, je ne pouvais m'empêcher de l'ouvrir. Je me penchais.

Il y eut cet instant où ce noir si profond m'enveloppa. J'étouffais. Je dus me rejeter en arrière, et m'allonger.

Je n'avais pas tiré le rideau, mais je ne voyais rien, aucune étoile n'éclairait le ciel. Tu m'as parlé de ces nuits où tu te promenais dans Livourne. J'essayais de t'imaginer au point que je croyais entendre le bruit de ton pas sur les pavés. Je pensais surtout à cette dernière nuit où tu avais longé le bord du canal — tu disais que tu voulais y jeter tes sculptures avant de partir : elles n'intéressaient personne. Tes amis avaient refusé de les garder. Ils s'étaient moqués de ces longues têtes hiératiques, mystérieuses épures. Je t'ai souvent entendu raconter qu'elles étaient au fond du canal. Des sculptures en marbre, trop lourdes pour être transportées dans une autre ville. On t'a cru. Tu m'avais dit que cette nuit de la tentation, à Livourne, était resplendissante, criblée d'étoiles. Des sculptures disparues au fond d'un canal ? Il y a pire : il y a celles que tu imaginais, celles dont tes paumes avaient besoin de sentir la forme. Est-ce pour cela que tu ne rentres pas, parce que ce ciel si noir te rappelle cette nuit là-bas, à Livourne, et le moment où tu as été tenté de jeter tes sculptures ?

J'ai fermé les yeux : il me semblait que ta douleur était là, inscrite dans le ciel — c'était elle, et non la nuit, qui l'enténébrait.

Je n'aimais que les nuits où la lune était là. Je guettais sa pâleur. J'avais alors quelque espoir que le malheur ne soit pas définitif.

Longtemps je me suis demandé pourquoi je tenais tellement à cette lueur. J'ai fini par comprendre qu'elle me rappelait Nice, le Midi et notre bonheur d'alors.

Tout était jaune là-bas, le soleil, les mimosas, le sable ocre sous la lumière. Tu allais guérir, nous en étions certains. Tu ne buvais presque plus. Dans un premier temps, ce fut une vie sage, inattendue. J'avais craint que tu ne t'ennuies, mais non, au contraire, tu semblais heureux. À vrai dire, notre occupation principale était de nous aimer. Un chemin bordé de lauriers-roses embaumait, et je donnerais tout au monde pour y retourner avec toi. Tu avais aussi le plaisir de voir Soutine, ses tableaux plus tumultueux que jamais. Toute la bande de Zbo était là d'ailleurs, et Foujita également, fuyant les bombardements de Paris et parce que Zbo espérait trouver des acheteurs ici. Tu travaillais beaucoup. Mais les tableaux s'accumulaient sans être vendus. Il y eut à nouveau le manque d'argent, l'angoisse et tes moyens d'y remédier. Et il y eut les conflits avec ma mère. Elle te surveillait, elle essayait de comprendre l'être mystérieux que tu étais pour elle — tu sentais son regard, son attention, et dès qu'elle était là tu t'empressais de souligner ce qui pouvait lui déplaire. Ainsi tu te plaisais à citer des passages de la Torah : tu savais bien que, quand nous nous étions connus, mes parents, si catholiques, t'étaient hostiles aussi parce que tu étais juif. L'enfant, disais-tu, serait élevée dans la religion de tes aïeux. Ma mère serrait Giovanna contre elle et crispait la bouche, retenant les mots qu'elle me répétait souvent :

— De quoi se mêle-t-il, s'il n'a pas pris la peine de la reconnaître, en quoi l'éducation de cette enfant le regarde-t-elle ?

Elle baissait les yeux, masquant sa colère. Des bouffées de tendresse me submergeaient, et l'envie de poser ma main sur la sienne pour la calmer. Mais je n'avais rien dit, rien fait — je ne voulais pas que la relation s'envenime. Je connais ton désir de possession à mon endroit, et comment tu ne supportes pas que mon amour ne soit pas dirigé uniquement vers toi. Dans mon enfance, quand mon père nous lisait à haute voix des livres de philosophes, ma mère avait cette expression butée, renfrognée, qui traduisait en fait sa concentration. Toi, elle t'observait comme l'un de ces textes difficiles à décrypter. Elle ne comprenait rien à toi, pas plus qu'à Platon ou à Pascal. Seule la tendresse dont tu faisais preuve envers Giovanna lui était accessible. Encore s'en inquiétait-elle. Elle ne pouvait s'empêcher de retenir un geste d'appréhension quand, dans un grand élan, tu t'approchais de l'enfant. On aurait cru que tu allais l'emporter, la ravir. Tu la soulevais si brusquement dans tes bras ! Lorsqu'elle venait avec Giovanna, elle prenait soin de s'asseoir loin de toi, comme si elle voulait la protéger. Quand tu commençais à discuter avec passion, ou quand tu riais, elle ne pouvait s'empêcher de la serrer contre elle. La violence de ta vitalité l'effrayait. Giovanna, notre petite fille, je sais qu'elle en a hérité. Ses yeux étincellent. Moins grands que les tiens, ils sont aigus, brillants comme du jais.

22 novembre

L'enfant a bougé dans mon ventre. Sa présence me rassure. Je suis sûre que c'est un garçon. Il te ressemblera. Souvent je caresse tes mèches brunes et, pour mieux imaginer ce petit garçon qui sera le nôtre, je te demande de me parler de ton enfance. Tu t'étonnes parfois de mes questions, tu en ris. Tu racontes. Toujours tu reviens à ces promenades avec ton grand-père. Il t'emmenait le long du port. Il lisait beaucoup. Des livres d'histoire, de philosophie, et surtout les textes religieux. Tu comprenais mal ce qu'il te disait, mais tu t'enorgueillissais de l'attention qu'il te portait. Les quelques mots que tu retenais, tu te les répétais souvent, comme une promesse ou un serment. À travers eux tu entrevoyais un monde inconnu que tu voulais atteindre. Quand tu revenais de ces promenades, tu étais grave, si pensif qu'on t'avait surnommé le « philosophe ».

Ton grand-père jouait aux échecs. Sans bouger, pendant des heures, tu observais chacun de ses gestes. Il avançait un pion, puis la reine, s'arrêtait pour réfléchir. Ces intervalles-là, ces attentes t'émerveillaient : quels stratagèmes imaginait-il ? Tu essayais de deviner, mais le pion qu'il saisissait te montrait toujours que tu t'étais trompé. Aujourd'hui, quand tu traces derrière tes tableaux des chiffres, des signes mystérieux, je me demande si, par-delà leur signification, tu ne tentes pas de retrouver ce silence qui te fascinait alors.

Il y avait aussi les stratégies financières de ton oncle Garsin, celui que ta mère appelait tendrement le « petit frère ». Elle l'aimait tant qu'elle t'avait donné son prénom, Amedeo. Trois fois il avait conquis une fortune colossale et, trois fois, il s'était ruiné dans des spéculations — c'était donc un joueur comme le grand-père, et c'est cet aspect-là qui te séduisait.

— Il n'était pas si mécontent d'être ruiné, affirmais-tu.

Il pouvait ainsi échafauder de nouvelles combinaisons — invraisemblables, osées, insolites. Proches du jeu d'échecs de ton grand-père. Un jeu vraiment ? Qui le passionnait. Peu lui importait de perdre. L'argent ne comptait guère pour lui.

— Il avait confiance en moi, c'est lui qui m'a payé mon séjour à Venise, m'as-tu dit.

23 novembre

D'un noir bleuté de gris à celui qui semble plus dur que la pierre, toutes les nuances de la nuit m'appartiennent. Quand j'ouvre la fenêtre, à perte de vue la nuit est une forêt dans laquelle je m'enfonce, et j'oublie mon attente, et j'oublie ma douleur. La nuit d'abord si légère — on croirait une brume épaisse — avec les touches de clarté qu'y déposent les réverbères. Et à mesure qu'elles s'intensifient, leur halo s'accroît, la nuit tout autour devient si opaque qu'on pourrait la toucher.

La fenêtre : devant elle je reste à t'attendre. L'attente et la nuit se confondent. L'une et l'autre paraissent destinées à ne jamais finir. Je regarde là-bas, dans le noir.

Parfois, malgré le froid, je me penche par la fenêtre, j'étends la main comme pour t'atteindre par-delà la nuit.

Je me penche à nouveau. En bas, le sol semble encore plus sombre que la nuit.

La nuit dense. Elle pèse sur mes épaules, recouvre mes yeux.

Parfois, au contraire, souple, on croirait qu'elle va m'envelopper. Elle m'accueille, prête à s'ouvrir comme un lit. Les draps vont me protéger, m'apaiser.

Quand la nuit disparaît, j'apprends qu'elle n'est plus ma complice, mais mon ennemie. Elle m'a trahie : elle s'est achevée sans que mon amant revienne.

Je regarde : en bas je vois le sol qui a gardé la couleur de la nuit. Il n'est pas là, mais j'imagine sa silhouette qui se profile, je crois entendre le bruit de ses pas. Je l'attends.

24 novembre

Souvent, Modi paye ses consommations avec des dessins. Je crois que le patron de La Rotonde ne veut pas s'en encombrer. Il les jette ou les déchire. Je m'en suis aperçue parce que Modi lui a donné un dessin que je voulais garder. Je suis allée le demander au patron de La Rotonde. Il a paru gêné et s'est mis à chercher. Sans conviction, m'a-t-il semblé, et dans des endroits où des dessins n'ont rien à faire. Le cuisinier l'a regardé, stupéfait.

— Vous les avez jetés ? ai-je demandé.

Il n'a pas répondu. C'était donc vrai.

25 novembre

Aujourd'hui, je devais partir. J'avais décidé d'aller voir Giovanna avec Hanka. Pourtant il n'est pas prudent de me déplacer, ma grossesse est trop avancée.

— C'est de la folie, me disait Hanka.

— Non, je veux la voir. D'ailleurs, ce n'est pas loin.

À nouveau je répétai ces mots : « Je veux la voir. »

J'ajoutai :

— J'ai trop envie de la prendre dans mes bras, je dois y aller, il y a trop longtemps que je ne l'ai pas embrassée.

Mais au dernier moment, j'y ai renoncé. Modi n'était toujours pas rentré à la maison, je ne pouvais pas partir sans être rassurée à son sujet. Je suis allée avertir Hanka :

— Non, je ne pars pas. Je ne peux pas quitter Modi, je suis trop inquiète. Dans quel état sera-t-il quand il reviendra ? Il aura besoin de moi.

À Nice, j'ai vu Modi se confronter à cet échec qu'il craint tant. Tout avait commencé par la musique de Ravel. Germaine, la fille de Mme Meyer, était assise au piano. Elle jouait *Ma mère l'Oye.* Modi voulut faire son portrait. Son visage doux encadré de cheveux blonds lui plaisait.

L'après-midi où il devait la peindre, elle s'apprêtait à s'asseoir sur une chaise devant le chevalet, mais Modi lui demanda de se mettre à nouveau au piano. Pendant qu'elle jouait, il la regardait fixement, presque sans ciller tant était grande son attention.

— À un moment, m'a-t-il raconté le soir même, je l'ai interrompue, je l'avais assez observée. Je pouvais maintenant la dessiner et la peindre.

Comme son visage l'intéressait, il avait même décidé de faire un second portrait d'elle. Mais, tandis qu'il y travaillait, Germaine se plaignit d'être très fatiguée et d'avoir froid, bien qu'il fît chaud au contraire. Elle avait la fièvre et dut partir se coucher. Elle resta malade quinze jours. Modi s'impatientait. Lorsqu'elle fut enfin rétablie, heureux de continuer son tableau, Modi prépara ses couleurs. Son regard allait de la jeune fille à la toile, mais sa main, qui tenait le pinceau, restait immobile.

— C'était impossible, impossible, m'expliqua-t-il à son retour, et sa voix était grave d'une colère contenue.

Je l'ai interrogé, stupéfaite de le voir si taciturne, alors qu'il était parti avec tant d'enthousiasme.

— Mais ce matin, tu étais certain de ce que tu allais faire. Tu disais même que cette interruption avait été favorable.

Il se mit à rire, mais je savais bien que le rire chez lui n'était souvent destiné qu'à masquer une souffrance. J'ai posé pourtant cette question :

— Ton ébauche était différente de ce que tu pensais ? Tu en étais satisfait pourtant. Tu disais que tu devais seulement la compléter, qu'elle était presque achevée.

Il rit à nouveau, mais sa voix était grave quand il expliqua :

— C'était un rêve sans doute, un portrait que j'avais rêvé. Rien à voir avec ce que j'ai trouvé, là, sur le chevalet, quand je suis entré dans le salon.

Je savais que je n'aurais pas dû insister. Pourtant je n'ai pu m'empêcher d'ajouter :

— Mais tu n'avais qu'à le reprendre…

Il a hésité. J'ai pensé qu'il ne me répondrait pas. Mais il a répété, d'un ton plus grave encore, se parlant à lui-même :

— C'était impossible, impossible. Il y avait ce décalage insensé entre ce que j'avais fait et ce que j'aurais voulu faire. Cet écart-là, je ne pouvais pas le supporter.

Son regard si vif était devenu presque flou. J'ai compris qu'il se débattait contre cela : la terreur et la certitude de l'échec.

Quelques jours plus tard il faisait un autre portrait de Germaine. Il a peur, mais il n'abandonne jamais.

26 novembre

Tu as décidé que je poserai devant la porte. Pourquoi ? Tu as donc deviné mon obsession ? À plusieurs reprises au cours de la journée, je ne peux m'empêcher de la regarder. Elle m'attire. Plus exactement sa poignée me fascine. Je voudrais y poser ma main, la tourner. Descendre les marches de l'escalier. Marcher dans les rues. Non pas dans celles de Paris. À Nice plutôt, à Cagnes, là où nous avons ri ensemble.

À l'instant, je viens à nouveau de regarder la porte : je voudrais l'ouvrir et sortir. Non pas m'enfuir, mais partir avec toi. Non pas marcher dans l'espace, mais partir en arrière dans le passé. Retrouver les jours où nous étions heureux — notre seul souci était ta peinture, et qu'elle soit reconnue. Pour ta santé, nous étions rassurés. Déjà tu allais mieux.

27 novembre

Aujourd'hui je suis seule. Modi est allé rue Joseph-Bara. Zbo lui a fait savoir qu'il y ferait venir un modèle qui poserait nue. Zbo a beaucoup à se faire pardonner en effet ! L'autre jour il est entré à l'improviste dans la pièce où Modi était en train de peindre. Hanka m'a raconté que Modi, furieux, s'est mis à frapper sa toile à grands coups de pinceau. Il l'a presque détruite. Le modèle s'est vite enfuie, sans prendre le temps de s'habiller, ses chaussures à la main. Dans les jours qui ont suivi, Zbo ne savait plus qu'inventer pour se faire pardonner. Modi a fini par s'en amuser. Il continuait de feindre la colère et la rancune pour voir jusqu'où Zbo pourrait aller. Zbo s'est mis à chercher avec plus d'énergie des modèles qui puissent plaire à Modi. Mais plus jamais il n'est venu déranger le peintre et son modèle.

Je t'attends donc. J'ai préparé le repas, mis le couvert. Je continue à faire « comme si ». Je sais que quand tu rentreras, tu n'y prêteras aucune attention. Mais tant que je fais encore « comme si », je garde l'illusion de pouvoir arrêter le malheur.

28 novembre

Les marches de l'escalier sont très hautes, difficiles. J'ai eu du mal à les monter. Le panier à provisions était trop lourd pour moi. J'ai repris souffle un moment au troisième palier. Mon cœur battait. Était-ce seulement la fatigue ? Je me suis demandé si ce n'était pas plutôt la peur qui faisait battre ainsi mon cœur. Peur encore. Peur, en arrivant à l'improviste, de tes traits déformés par l'angoisse. Il t'arrive de te mettre en colère sans raison.

Mais l'atelier était vide. Tu étais déjà parti. J'ai rangé ta palette, que tu avais laissée traîner sans la nettoyer.

Quand je suis dehors, je me sens en retrait des autres et j'en souffre. L'air jovial de l'épicier ne réussit pas à cacher sa suspicion. Autrefois j'allais dans une autre rue acheter du vin. Je voulais cacher que tu buvais autant. Maintenant je n'en ai plus la force. Et puis cela m'est devenu indifférent. Peu m'importe son jugement : je suis ailleurs, trop loin de ce que peuvent dire ou penser l'épicier et les autres.

Si Lunia était là, elle nous aiderait. Je voudrais entendre sa voix, retrouver la curiosité que suscitent les instants où le timbre, modulé, devient presque chantant. Quand rentrera-t-elle ? En mars ou en mai ? Comment vais-je faire avec l'enfant, ce nouvel enfant, sans l'aide de Lunia ? Et, quand j'accoucherai, qui veillera sur Modi ? Lorsqu'elle m'a dit la date de son retour, j'étais si désespérée que je ne pouvais plus rien écouter. Je n'ai retenu que ceci : Lunia ne serait pas là au moment de la naissance de l'enfant.

29 novembre

Giovanna, notre petite fille, a un an aujourd'hui. Quand elle est née, à Nice, elle a été déclarée de père inconnu. Tu veux toujours lui donner ton nom, faire les démarches nécessaires. Tu n'as pas eu le temps. Sa nourrice n'habite pas loin de Paris. Pourtant nous n'allons pas la voir. Nous remettons toujours à demain. Tu as fait le portrait d'une bohémienne qui tient son enfant dans ses bras. Il paraît pourtant à distance d'elle, tant elle le porte avec effort et lassitude, et sans le regarder. Pensais-tu déjà à moi ?

30 novembre

Ce matin, c'est le froid qui m'a réveillée. J'ai étendu la main : tu n'étais pas là. Pourtant, d'habitude, tu dors beaucoup plus tard. Malgré le froid et ma fatigue, malgré mon envie de rester couchée, je me suis levée.

La lettre que tu avais reçue hier de ta mère traînait sur la table. Elle donnait de ses nouvelles, se réjouissait de te voir bientôt. Sa haute écriture fine me plaisait. L'écriture d'une femme sensible, intelligente : Modi aime rappeler qu'elle a traduit en français des poèmes de Gabriele D'Annunzio. J'ai relu le début de sa lettre : « Mon Dedo chéri, nous t'attendons... » Elle n'imagine pas que son fils est si malade. Il lui a caché que son état s'était aggravé. Parce qu'il ne veut pas l'inquiéter. Peut-être a-t-il honte aussi — c'est pour cette raison, j'en suis sûre, qu'il retarde sans cesse son voyage en Italie : il refuse de se montrer vaincu. L'Italie est devenue pour lui un paradis interdit, aussi lointain que le ciel de ses Vierges et cette peinture du passé dans laquelle il veut se réfugier.

Au sol, des papiers étaient roulés en boule. J'ai déplié l'un d'eux. C'était l'enveloppe de la lettre — l'écriture fine indiquait : « Modigliani, sculpteur. » Il ne lui a donc pas dit que cela fait longtemps déjà qu'il a abandonné la sculpture ! Sur l'autre feuille il a commencé à dessiner une femme nue. On aurait cru que l'on pouvait tourner autour d'elle comme si elle était une sculpture. Mais le dessin n'était pas achevé.

Sur la hanche, le crayon devenait plus gras, le trait plus appuyé — Modi avait hésité, buté sur un obstacle. C'était sans doute là, à ce moment, qu'il avait pris conscience de l'inutilité de ce croquis : il ne préparait aucune sculpture.

Je me suis habillée. Je l'ai cherché dans le quartier. Un vent glacé blessait mon visage. Pourtant, d'un café à l'autre, je me suis avancée bien au-delà de nos trajets habituels. J'ai fini par le retrouver. Il avait déjà bu. Peut-être parce que je le voyais ainsi, de loin, hors de notre cadre quotidien, les changements inscrits sur son visage me sont apparus avec évidence. En dérision, comme une insupportable moquerie, une phrase de Cocteau surgit dans ma mémoire : « Il est aussi beau qu'un ange. » Maintenant ces mots prenaient une résonance tragique.

Lui, si soucieux de son apparence, il était sorti sans prendre le temps de se raser ni même de se coiffer. Sa beauté ? Elle avait disparu. Des rides marquaient ses joues, se creusaient entre ses sourcils. Une crispation assombrissait son visage, sa bouche s'amincissait, formant un pli dur. Personne n'aurait pu croire qu'il n'avait que trente-cinq ans. Seule la masse des cheveux ébouriffés indiquait encore une envie, ou plutôt une fureur de vivre.

Il ne m'avait pas vue. Je me suis approchée de lui. J'ai posé ma main sur la sienne. Surpris, il m'a regardée, et le noir pâli de ses yeux m'a montré tout son désespoir. Un désespoir si violent qu'il n'a pu le masquer. Alors, il a choisi la colère. Il a agrippé mon bras et m'a entraînée jusqu'à la maison. Il me serrait le poignet. Il me faisait mal.

1er décembre

Toute la nuit, il a toussé. Sur son oreiller, au matin, il y avait du sang.

2 décembre

Aujourd'hui je me suis d'abord rendue chez Brancusi, puis chez Lipchitz. Je marchais vite, consciente que j'avais beaucoup à faire. J'ai posé des questions : je veux savoir qui était Modi quand il sculptait encore, je veux connaître sa vie d'alors. On m'a raconté comment il se procurait des blocs de pierre. Il en achetait aux ouvriers. Faute d'argent, il allait aussi en voler sur les chantiers. Lui-même me l'avait dit, mais j'avais cru qu'il plaisantait ou se vantait. Lipchitz m'a confirmé que c'était vrai. Il a même ajouté ceci qui m'a bouleversée : une nuit, parce que le bloc était trop lourd, Modi n'avait pu le transporter, mais la qualité de la pierre le tentait trop, alors il était resté sur place jusqu'à l'aube pour sculpter. Dès le soir tombé, il est revenu avec plusieurs amis pour prendre sa sculpture, mais la pierre avait disparu, les ouvriers l'avaient déjà incorporée dans les fondations de la maison. Était-ce à ce moment-là qu'il avait renoncé à être sculpteur ? Ou plus tard encore ?

Je marchais le plus vite possible. Je voulais encore voir Kikoïne, puis Krémègne. Je me suis arrêtée sous une porte cochère, m'appuyant dans le recoin du mur, pour reprendre haleine. Mais je n'avais pas le temps. Malgré ma fatigue, il fallait continuer, accumuler les faits, additionner les preuves, confronter les indices. Je voulais savoir. Savoir ce que tu poursuis. Pourquoi cette mélancolie chez tes personnages, pourquoi leurs yeux qui se dérobent ? Parce que tu regrettes de n'avoir pu les sculpter ? Je veux découvrir celui que tu étais avant de renoncer à la sculpture. Alors seulement je pourrai comprendre pourquoi tu te détruis ainsi.

J'ai posé des questions à Brancusi. Quels étaient alors les modèles de Modi ? Ses maîtresses ? Les femmes qui l'inspiraient vraiment ? Cette question-là, j'hésitais à la poser. J'ai fini par la murmurer, mais en baissant les yeux. Il n'a pas répondu.

Demain, j'irai enquêter aussi auprès de Suzanne, la mère d'Utrillo.

3 décembre

Aujourd'hui, pour la première fois, je n'ai pas souffert de te voir partir seul. Moi aussi j'avais besoin d'être seule : j'avais beaucoup à faire, je voulais te rencontrer, toi, tel que tu étais quand tu avais demandé fièrement à ta mère d'adresser ses lettres à : « Amedeo Modigliani, sculpteur. » J'ai marché longtemps. Enfin je suis arrivée à Montmartre, devant la maison de Suzanne Valadon. Le mur était recouvert de lierre, on voyait par la fenêtre déjà éclairée une lumière voilée. J'ai frappé à la porte. Suzanne était, comme toujours, en train de dessiner. Elle répéta sa plaisanterie habituelle :

— Tu sais bien que je dessine, sans cesse, follement. Quand je serai vieille, peu importe si je ne vois plus clair, j'aurai des yeux au bout des doigts.

Cela m'émouvait toujours de la voir parce qu'elle avait été le modèle de Degas, de Renoir et de Toulouse-Lautrec. « Je ne comprends pas, avais-je demandé à Modi, pourquoi elle se fait appeler Suzanne. Je préfère son vrai prénom. Marie-Clémentine, c'est un prénom qui lui va bien. Il sonne comme une chanson, il va à ses joues rouges et à sa bonne humeur. — J'aime mieux le prénom de Suzanne m'avait-il répondu, parce qu'il lui vient de Toulouse-Lautrec : "Toi qui poses nue pour les vieillards, lui a-t-il dit, tu devrais t'appeler Suzanne." »

J'ai regardé ses tableaux. J'admirais la façon dont elle osait y célébrer le corps nu de son amant et le désir qu'elle avait de lui.

Utrillo n'était pas là, je ne pouvais l'interroger. D'ailleurs que m'aurait-il appris ? Je me souvenais de ce que m'avait raconté Lunia. Elle était allée lui rendre visite dans la maison où il était interné, rue Picpus. Parce qu'il le lui avait tant demandé, elle était revenue avec du vin. Il avait voulu déboucher la bouteille, mais ses mains tremblaient d'impatience et il l'avait laissée échapper. Lunia m'a raconté la suite avec horreur : dans cette cellule où la fenêtre avait une grille, où les meubles étaient vissés au sol, tandis qu'on entendait des hurlements dans les chambres voisines, Utrillo s'était jeté à plat ventre et avait lapé le vin qui coulait sur le plancher. Pouvait-on se fier à la parole d'un homme qui se conduisait ainsi ? Pourtant Modigliani lui faisait confiance. C'était avec lui qu'il allait rue Joseph-Bara sous les fenêtres de Zbo pour demander à voir notre fille. Soûls tous les deux, ils arrivaient en chantant. Ils s'asseyaient sur le bord du trottoir et appelaient Zbo et Hanka pendant des heures. Lunia venait sur le balcon pour leur dire que Giovanna dormait. Cela ne suffisait pas à les calmer. Ils recommençaient à chanter et à crier. Modi réclamait sa fille. La concierge était obligée de se lever pour les chasser.

Rue Rousselet, chez Zadkine : je pensais qu'il saurait me parler de la sculpture de Modi. Sur ses murs, des dessins punaisés s'inspiraient des mêmes statuettes africaines qu'avait regardées Modi. Mais il s'est surtout plu à me raconter comment, afin d'avoir assez de temps pour peindre, ils se partageaient la semaine : ils allaient chacun son tour à La Rotonde et y dessinaient pour un franc le portrait d'un consommateur assis à la table voisine. Sous sa frange épaisse, ses yeux sombres riaient quand il évoquait cette organisation.

J'essaie de rassembler ce que j'ai entendu. « Un génie et un prince », dit l'un. « La notoriété de sa peinture ne dépassera pas le carrefour Vavin », réplique un autre. « Personne n'a autant d'élégance morale et physique que lui. » « Ce n'est plus qu'un ivrogne, il détruit son talent. » « Un peintre ? un dessinateur plutôt. » Des phrases tournent autour de moi. Elles se mêlent aux images que j'ai de lui. C'est un tumulte, une tornade de mots qui claquent, et tes rires aussi surgissent, et ta beauté d'autrefois. Lancinante, insoutenable, une interrogation revient : tu te punis, tu veux te tuer parce que tu ne te pardonnes pas d'avoir renoncé à la sculpture ?

J'ai fait raconter à nouveau à Lunia votre première rencontre. C'était à une terrasse de café, son mari l'accompagnait, mais toi, tu n'en as pas tenu compte, tu lui as demandé aussitôt de venir poser pour toi — tu lui as fixé un rendez-vous. Étais-tu si certain de ta séduction, ou ton désir de l'avoir pour modèle était-il si grand que rien d'autre n'avait d'importance ? Chaque fois qu'elle me raconte cela, elle ne peut s'empêcher de rire.

— Mais tu es allée à son rendez-vous ?

— J'ai bien failli le regretter ! Si tu savais comme j'ai eu peur à un moment pendant cette séance de pose ! C'était dans cette chambre d'hôtel étroite et sombre qu'occupait alors Zbo, boulevard de Port-Royal. Le visage crispé, Modi ne disait rien. Brusquement, il s'est mis à peindre avec frénésie, en donnant des coups de pinceau sur sa toile. J'ai pensé qu'il allait finir par s'en prendre à moi. On aurait cru qu'il s'acharnait à agripper quelque chose qui se dérobait sans cesse. Moi-même, d'ailleurs, à voir la fureur qui l'animait, j'avais envie de m'enfuir. Mais je n'osais pas bouger. Finalement, à force de donner des coups avec cette violence, il a fait tomber la toile sur lui. Je me suis levée et m'apprêtais vraiment à partir. J'ai pensé que c'était un fou, un vrai fou. Il s'est aperçu que j'avais peur, il m'a souri. Tu sais quelle est sa séduction quand il le veut ! Malgré ma peur, j'étais prête à entrer dans sa folie et, s'il le fallait, à le suivre n'importe où. Mais non, il s'est calmé, il a tout fait pour me rassurer, il a relevé sa toile et recommencé à peindre, avec calme cette fois, en me chantant des chansons en italien.

Je comprenais qu'il ait voulu peindre Lunia. Déjà, en elle-même, avec son cou long et sa grâce, elle *est* un Modigliani. On a envie en la voyant de l'immobiliser dans un tableau tant ses mouvements sont rapides, sa démarche légère, avec cette façon presque dansante de se retourner quand on l'appelle. Et les notes claires de sa voix aussi, dont on ne sait si elles sont dues vraiment à son timbre ou aux modulations presque chantantes de son accent. Elle se tient très droite, altière, avec une décision qui accentue encore la beauté de son cou. Était-elle toujours ainsi ? Je crois que, sans s'en rendre compte, elle s'efforce d'être celle qu'il a peinte. Moi aussi je dois copier les portraits qu'il a faits de moi. C'est peut-être pour cette raison que, parfois, je ne sais plus qui je suis : moi-même ou la femme du portrait ?

J'ai demandé à voir les tableaux que Modi peignait quand il a renoncé à la sculpture et choisi la peinture. Lunia n'a pas eu l'air surprise. Au coup d'œil qu'elle m'a jeté, j'ai deviné qu'elle faisait de même, et comprenait mon désir. Elle m'a alors entraînée dans un couloir étroit, une sorte de boyau où les toiles étaient entassées. Elle avait pris une bougie. Nous nous penchions pour les examiner. Je ne m'étonnais plus que Zbo ait tant de mal à trouver des acheteurs.

Hanka est arrivée. Elle nous a interrompues. À contre-jour, elle paraissait encore plus élancée, un défi pour Modi. Elle l'irritait, mais il ne pouvait résister au plaisir de la peindre. Hier encore, séduit par la robe noire qui accusait sa finesse, il lui a demandé de poser.

En regardant les tableaux, je me suis aperçue que, au cours de ces derniers mois, la ressemblance qui unit tes personnages s'accentue encore plus, comme s'ils étaient le reflet d'une seule et même image, celle que tu poursuis sans cesse. Depuis que le malheur est là, les formes s'allongent, la ligne s'étire. Plus gagnent la maladie et le malheur, plus l'harmonie domine. Comme si tu t'efforçais de mettre la réalité à distance.

Je suis allée à l'atelier de Kisling aussi. Pour justifier ma présence, j'ai feint de croire que Modi était là et que je venais le retrouver. Nous avons parlé, mais il ne m'a rien appris. Tout ce qu'il disait, je le savais déjà ou l'avais plus ou moins deviné.

En revenant j'ai eu pourtant la certitude que m'avait échappé quelque chose d'important. Ce ne sont d'ailleurs pas tant ses paroles que son air songeur, sa voix un peu moins assurée qui m'alertaient. L'une de ses phrases, encore indistincte dans ma mémoire, me préoccupait. Mais, malgré mes efforts, je ne parvenais pas à m'en souvenir. J'ai cessé d'y penser. J'ai oublié.

Cette nuit, je me suis réveillée en sursaut. La phrase que je cherchais résonnait à mes oreilles. Je retrouvais l'intonation de Kisling, ses hésitations, la façon dont il semblait presque la dire à contrecœur. Je l'ai répétée. Plusieurs fois. Pour essayer de comprendre ce qui me gênait en elle :

— Modi, qui voulait être sculpteur, n'a sculpté que cinq ans.

Kisling avait ajouté après un temps d'arrêt :

— Il a fait aussi des sculptures en bois.

Plus encore que ses mots, c'est son silence entre les deux phrases qui m'inquiétait. Pourquoi s'était-il retenu de parler ? Il y avait quelque chose qu'il n'osait dire ou voulait cacher. Si on rapprochait les deux phrases qu'il avait séparées, tout s'éclairait alors différemment. Est-ce vraiment pour des raisons de santé que Modi avait renoncé à la sculpture ? Il aurait pu utiliser le bois. Il avait volé les traverses de bois du métro pour sculpter une cariatide. Est-ce vraiment la poussière de pierre qui l'a obligé à ne plus sculpter ? Est-ce la vraie raison ? N'était-elle qu'une excuse ? Toute sa vie alors serait fondée sur un mensonge.

5 décembre

Ce matin, je n'ai pas osé lui poser la question qui me tourmente. Je sais qu'elle lui ferait trop de mal : « Pourquoi n'as-tu pas continué à sculpter le bois ? Avec le bois, il n'y avait pas de poussière à craindre. » Kisling m'a confirmé que quand Modi est arrivé à Paris, il se présentait à tous en disant qu'il était sculpteur. Sa peinture d'ailleurs est née de la sculpture. Peut-être est-ce sa peinture qu'il faut interroger pour savoir la vérité ? Je me souviens du portrait de cette femme nue allongée, son buste de trois quarts. Là, dans la saisie des volumes, l'influence de la sculpture était manifeste. Quel rôle ont joué aussi les reproductions qu'il avait apportées d'Italie ? Il les a ôtées des murs, cachées, comme s'il ne supportait plus leur défi.

6 décembre

Quand je me suis réveillée, tu dormais encore. Ton souffle devenait rauque parfois. On aurait cru que tu l'arrachais de ta gorge, qu'il te déchirait. Je me suis levée, j'ai regardé partout. À cause de mon ventre j'ai eu du mal à me baisser, mais je me suis mise à genoux, j'ai étendu la main sous le lit, et j'ai trouvé enfin ce que je cherchais : une boîte en carton. Très doucement, pour ne pas te réveiller, je l'ai tirée à moi.

Un soir, il y a quelques semaines, comme on fait pénétrer quelqu'un dans un sanctuaire, tu l'avais ouverte pour me montrer les reproductions de tableaux qu'elle contenait. Certaines étaient restées au fond. Tu ne les touchais pas. Elles étaient retournées, on ne pouvait pas les voir. Tu as hésité un moment, mais tu les as laissées dans la boîte. J'ai compris que tu t'interdisais de les regarder. Tu souhaitais les oublier.

C'est celles-là que je voulais connaître. Je les ai prises et je me suis approchée de la fenêtre. Elles ne représentaient pas des tableaux, mais des sculptures. Parmi elles, une Annonciation montrait, en face de l'ange, une Vierge au cou très long, qui détournait son visage, en l'inclinant un peu. Sa pose était celle que nous prenions, Lunia et moi. Elle nous ressemblait. Un léger déhanchement, sa façon de dérober son corps, et l'élan de son bras droit qui masquait sa poitrine accentuaient sa grâce. De son autre main, gardant les doigts allongés, elle tenait un livre ouvert.

J'ai tout rangé dans la boîte. Tu dormais toujours. À ton réveil, je n'ai rien dit.

7 décembre

Au dos de la reproduction est inscrit le lieu où se trouvent les deux statues : Duomo de Carrare.

Je n'ai pas osé te poser de questions sur son sculpteur, un élève de Giovanni Pisano. Aujourd'hui seulement je t'ai demandé :

— Quand nous irons en Italie, nous resterons toujours à Livourne avec ta famille, ou voudras-tu voyager ?

— Bien sûr nous voyagerons, je veux te faire découvrir d'autres villes, des lieux que j'ai aimés, où j'ai vécu.

Nous irons à Pise, à Sienne, à Lucques. Là-bas je guérirai. Ici, il fait trop froid. Et puis surtout il y a cette subtilité de nuances, des dégradés de couleurs auxquels mon œil italien doit se faire. Si tu savais comme les couleurs sont éclatantes dans mon pays…

Je restai un moment sans parler. Le silence me paraissait impossible à rompre. Je lançai pourtant, avec le sentiment de commettre un acte irrémédiable :

— Irons-nous à Carrare ?

Ces paroles n'étaient peut-être pas aussi cruelles que je le pensais. Rien ne prouvait que tu aies voulu cacher cette image.

Mais tu n'as pas répondu.

8 décembre, 8 heures du matin

Cette nuit, la lune était très pâle, d'une transparence presque phosphorescente. Il est resté immobile, debout devant la fenêtre à la regarder. Puis, comme si elle l'entraînait dans un rêve, il m'a parlé. Longtemps, d'un ton monocorde. Il m'a raconté comment, lorsqu'on quittait la route de Livourne et le bord de mer pour s'enfoncer dans l'intérieur, on pouvait croire que les montagnes, au loin, sous le soleil, avaient retenu l'hiver. Des coulées de neige semblaient recouvrir certaines de leurs pentes. Parfois aussi un sommet. La blancheur était mate, poudreuse. À un tournant du sentier si frais qui, à travers les forêts de châtaigniers et de pins, montait de Carrare à Pietrasanta, la montagne se dressait de face, tranchée à vif. Ce qu'on avait pris pour de la neige était en fait une saignée blanche : de hautes murailles s'élevaient à la verticale, éclatantes de lumière. C'était le marbre. Modi m'a dit que, chaque fois, il était bouleversé : Michel-Ange était venu ici même choisir le bloc qui deviendrait un dieu ou un esclave. Il ne ferait que les dégager, avait-il écrit dans ses *Sonnets*. La pierre les contenait déjà.

Dans la carrière, la lumière, réverbérée sur les flancs de la montagne et sur des fragments déjà détachés, devenait si forte qu'elle ne concernait pas seulement la vue. On avait l'impression qu'elle bruissait. Quand il sculptait, c'était ce moment qui le hantait, et, maintenant encore, il aurait voulu le retrouver. Une clarté si violente qu'elle paraissait aussi dure que la pierre dont elle émanait. Elle irradiait de tous les côtés de la carrière vers lui, qui était au centre de tout cela, cerné par cette blancheur, comme au cœur du monde, ou à son commencement. Au-dessus des éboulis de pierres, d'un chaos de blocs qui s'étaient entremêlés dans leur chute, d'immenses parois d'un marbre lisse, éblouissant, se dressaient vers le ciel d'un bleu insolent. Les montagnes n'avaient plus de pentes, leurs versants tombaient à pic. Contrastant avec cette brutalité, il y avait aussi, m'a dit Modi, cette poussière immaculée, incroyablement fine, presque impalpable, qui se soulevait à chaque pas, recouvrait le pied, collait aux vêtements, à la peau. Et puis cela encore : sous la main, le marbre, chaud comme un animal, qu'on avait envie de caresser. On le sentait docile, son grain fin, tout prêt à être poli. Et si on continuait à marcher d'autres marbres surgissaient, veinés de gris et de roux.

Quand il était fatigué, à Pietrasanta, il s'arrêtait pour regarder la façade de marbre blanc, si lisse, du Duomo.

Elle était prise entre le campanile à tour de brique rouge et une maison appartenant à la famille de Michel-Ange. Du marbre, il y en avait partout. Dans les hameaux, les poules picoraient entre des dalles qui servaient de table.

Il m'a dit aussi que quand il quittait la carrière et redescendait à Carrare, sur la grand-place, il ne manquait jamais d'entrer dans la cathédrale pour revoir telle Vierge sculptée. Il l'aimait particulièrement, a-t-il ajouté.

Je lui ai demandé de me la décrire. Il est demeuré muet.

8 décembre, 11 heures du soir

Alors que je me comparais au portrait que tu avais fait de moi, tu m'as dit :

— Faire le portrait de quelqu'un, c'est découvrir son secret.

Quand Charles Douglas a posé pour toi, il portait une redingote. Sans en tenir compte, tu l'as représenté en short, les bras nus. Avec un chien de chasse à ses côtés.

En voyant son portrait, il est resté interloqué, muet de stupéfaction. Puis il s'est écrié :

— Mais comment saviez-vous ? Comment avez-vous pu savoir ? Qui vous l'a dit ?

— Quoi donc ? a répondu Modi avec agacement.

— Mais que j'avais vécu longtemps en Afrique !

— Je ne le savais pas, répliqua Modi.

On sentait sa colère. Puisque l'homme n'aimait pas son tableau, il avait hâte de le voir partir. Mais loin d'être irrité, Douglas était transporté de joie.

— Pendant des années, j'étais habillé exactement ainsi, et j'avais un chien aussi…

Modi scrute son modèle avec une telle force qu'il devine non seulement sa personnalité, mais ce qu'il a vécu. Quand il commence à me peindre, il me semble que je vais enfin savoir qui je suis. Et surtout pourquoi j'accepte tout de lui et la vie qui est la nôtre. Es-tu sincère quand tu dis que les chiffres, ce croissant de lune et ces signes de la kabbale dont tu ponctues tes tableaux, t'aident à mieux connaître ton modèle ? Si on déchiffrait leur signification, dis-tu, on verrait alors totalement l'âme de celui ou de celle que tu as représenté.

C'est pour cela sans doute que je suis aussi effrayée et inquiète devant chacun de mes portraits. Je les admire, mais en même temps je les crains. Sur l'un des premiers que tu avais peints, je suis effarouchée et moqueuse. Dans les toiles qui ont suivi, toute expression a disparu de mes yeux à mesure que nous devenions plus proches et que je me donnais totalement à toi. J'entrais ainsi dans un pays nouveau, inconnu — celui où tu habitais.

Pourquoi avoir effacé ainsi mon regard ? Était-ce une décision, ou une nécessité qui s'est imposée peu à peu, sans préméditation de sa part ? Priver ainsi tous ses personnages de regard, c'est affirmer que seul le peintre a le pouvoir et le droit de regarder. Cette passivité qu'il exige de moi, parfois, je ne peux plus la supporter. La colère m'étourdit. On croirait que mes yeux ne peuvent plus voir que l'au-delà ou un rêve enfoui très loin en moi. Je n'accepte pas cette absence. Moi, je veux le monde réel. Je veux vivre. Je veux retrouver ma petite fille et rire à nouveau.

Lui, Modi, n'a qu'une obsession : sa peinture. L'argent, il ne s'en soucie pas vraiment. Il a préféré avoir faim et se contenter du chèque, si vite dépensé, que lui envoyait sa mère. Soutine déchargeait des wagons la nuit dans les gares ; il a travaillé comme ouvrier chez Renault. Brancusi a fait la plonge dans les restaurants, et le ménage dans les chambres d'hôtel. Et même Foujita, pendant la guerre, quand il ne recevait plus l'argent que son père lui envoyait du Japon, a dû poser comme modèle, nettoyer des vespasiennes, tirer des chariots de déménageur… Mais lui, Modi, il ne veut rien faire d'autre que peindre, ou penser à peindre. Il a peur de se perdre, de fausser sa création s'il se compromet à des travaux de décoration comme on lui en a proposé. Rien au monde, et même si nous mourions de faim, ne l'obligerait à travailler. Peut-être se sent-il trop fragile pour se distraire un seul instant de son exigence. Quand il se sent incapable d'y répondre, il boit, il se drogue. Pour oublier que sur le chevalet une toile l'attend. Il chante, il plaisante, et dans ces moments-là Utrillo est le meilleur des compagnons pour lui. Moi, il m'écarte au contraire, mon visage qu'il a tant représenté lui rappelle trop la peinture, le tableau qu'il doit faire ou ces madones et ces vénus d'autrefois qui l'obsèdent.

Dans les jours qui ont précédé le Salon d'Automne, quand nous étions tous certains du succès, tu me disais souvent que bientôt nous aurions un logement plus grand. Alors nous pourrions prendre avec nous Giovanna et sa nourrice. Zbo, lui, ne cessait de répéter qu'enfin tu n'aurais plus besoin d'aller dans les cafés vendre tes dessins. Enfin tu pourrais te consacrer à ta peinture. Mais il avait beau affirmer cela avec satisfaction, j'étais sûre, moi, que Modi avait justement besoin de cette errance, de cette quête qu'il entreprenait la nuit, à travers Montparnasse. Il ne savait pas à l'avance les visages qui s'offriraient à lui. Il aimait que le hasard décide ainsi pour lui. Et pas seulement des dessins qu'il allait faire le soir même, mais aussi des portraits des jours à venir : il tendrait à une femme une boîte d'allumettes où il aurait noté son adresse pour qu'elle vienne poser le lendemain. Son angoisse de créer s'apaisait de tous ces obstacles qu'il devait surmonter. Il aimait le tumulte des cafés, les conversations, le défi de passer si rapidement d'un sujet à l'autre. Dans ce brouhaha, sur ces feuilles qu'il ne signait souvent même pas, la peur ne pouvait pas exister. Dans la solitude de l'atelier, face au seul modèle, c'était un autre combat.

9 décembre

J'ai cherché dans le tiroir où nous mettons l'argent. Il n'y en a plus. Nous avons dépensé aussi ce qu'a envoyé sa mère. Il faudrait pourtant acheter un vêtement pour Giovanna. Modi a tout pris. Cela veut dire qu'il rentrera plus tard, qu'il aura acheté du haschich, et peut-être même cette poudre blanche qu'il rapporte dans une boîte en bois.

Nous ne sommes que le 9. Comment ferons-nous pour tenir jusqu'à la fin du mois ? Je suis allée rue Delambre. Depuis le Salon d'Automne, les toiles de Foujita ont du succès. J'espérais qu'il pourrait nous aider.

Mais quand je suis arrivée, Fernande a aussitôt déployé des tissus précieux entassés près de la machine à coudre :

— Tu as vu ce qu'a acheté Fou-Fou ? Il s'est déjà cousu un magnifique kimono rayé de bleu et de gris. Lui qui en était réduit à se confectionner un chapeau avec un abat-jour, il s'en donne à cœur joie ! Tout ce qu'il a exposé a été vendu !

Elle m'a servi du thé vert sur une table basse laquée en rouge. Des coussins étaient disposés sur des nattes. Tout était net, propre. Par contraste je prenais conscience du désordre qui régnait chez nous.

— On se croirait ailleurs, très loin, ai-je murmuré à Fernande.

— Bien sûr, nous sommes ici au Japon, a-t-elle répondu en riant.

Un chat s'est faufilé dans la pièce, je le regardais s'allonger, mais je n'osais toujours rien demander. Pourtant j'aurais voulu un manteau chaud pour Giovanna et le lui faire parvenir à Noël.

— Il est surtout heureux, continua-t-elle, d'avoir de l'argent pour quitter l'aquarelle et revenir à la peinture à l'huile. Finalement, avec tout ce qu'il a dépensé, nous en sommes au même point que les autres mois. Nous allons bientôt être obligés de recourir à sa vieille méthode : chercher sous le lit la pièce d'or qui a dû y rouler. Quand son père lui envoie du Japon des pièces d'or, il en garde quelques-unes dans la main et il les lance en l'air en fermant les yeux. Il prend soin de ne pas tout ramasser. À la fin du mois, il suffit de déplacer le lit…

Le chat s'est étiré. Il a gardé ses yeux grands ouverts. J'ai pensé à ce poème de Baudelaire que Modi aime réciter.

Les Chinois, écrit Baudelaire, croient qu'on peut lire l'heure dans l'œil des chats. Mais notre destin, où peut-on le lire ? Modi, lui, n'a vendu aucune toile au Salon d'Automne. Sa peinture n'a pas même été remarquée.

Un second chat est entré. Il s'est lové à côté du premier. Je suis partie.

10 décembre

Dans le dernier portrait qu'il a peint de moi, il m'a demandé de tenir un livre. Pourquoi ? Il n'y avait aucune nécessité. Seulement celle-ci, mais qui était impérieuse : que je sois proche de la Vierge de l'Annonciation de Carrare, celle dont il avait refusé de me parler. J'ai donc, comme elle, un peu détourné la tête. J'ai copié son geste. Je voulais maintenir le livre ouvert, comme elle le faisait. Mais il s'est levé et, presque irrité, il a ôté le livre. J'ai gardé les mains ouvertes, les doigts allongés.

A-t-il deviné que j'avais vu la reproduction qu'il avait cachée ?

J'ai posé devant la porte rouge. Je porte un châle d'un rouge plus vif. Du rouge encore court sur les murs. Au centre de l'incendie je suis une flamme.

11 décembre

Tu peux tout me demander, il n'y a rien que je ne puisse faire pour toi, il n'y a aucune limite. Mais il y a un mot que je ne sais jamais prononcer en face de toi, un mot qui n'existe pas entre nous : « Non. » Pourtant je devrais le dire, m'opposer ainsi au mal que tu te fais. Ce matin, en me brossant les cheveux, je pensais à ce « non » ce non impossible, quoi que tu fasses, où que tu ailles, quoi que tu exiges. Je pourrais mourir pour toi, mais te dire non, même si c'est pour te protéger, je ne le peux pas. C'est peut-être pour cela que le malheur a pu s'installer. Je t'aime trop, je suis trop passive pour pouvoir t'aider. Zbo s'est trompé quand il t'a cru sauvé parce que nous nous aimions. À force de me taire et de me soumettre, je n'ai pas écarté le malheur, je n'ai su que le partager avec toi. Parfois je me dis que c'est mon amour qui te tue.

Depuis deux jours, tu n'as pas touché tes pinceaux.

Je t'aime.

Tu lisais. Dante encore. À la lumière des bougies, ton visage paraissait encore plus vulnérable. Je n'osais t'approcher. J'ai voulu te dessiner — c'était une façon autre de te toucher. Mon crayon sur le papier traçait la ligne du front, de ta joue. Il me semblait que mes mains caressaient ton visage, qu'elles écartaient la mort. Je te gardais dans cet instant, ici. Tant que je te dessinerai, je maintiendrai la mort à distance.

La flamme de la bougie posait des ombres sur ton visage. C'était cette part secrète, inconnue, que je voulais connaître.

12 décembre

« Je t'aime. » J'ai prononcé ces mots à haute voix, pour vaincre l'attente. Pour rétablir un lien entre toi et moi. Supprimer cette distance qui nous sépare.

« Je t'aime. » Le mot a résonné dans toute la pièce, dénonçant encore plus ton absence. Il accusait, montrait que tu n'étais pas là. Ni sur la chaise ni allongé sur le lit. Je n'entendrai pas ton rire, tu ne te lèveras pas pour me prendre dans tes bras.

Il y avait le silence. Mais encore plus : le froid. Parce que tu n'étais pas là pour me prendre dans tes bras. J'ai prononcé ton nom à voix haute pour vaincre ce froid et ton absence. Pour faire « comme si » encore une fois — « comme si » tu allais me répondre. Pour vaincre le vide autour de moi. Mais ces mots sans réponse m'ont fait mal, ils ne faisaient qu'accentuer le manque de toi. Je me suis vue comme j'étais, comme je vivais.

Je suis seule. Seule avec la femme qui n'a plus de regard. Refuse-t-elle de le donner ? Ou n'en a-t-elle plus vraiment ? J'ai peur d'elle. Peur de me perdre comme elle. Peur qu'elle ne m'entraîne dans ce pays où il n'y a plus de regard. Un pays qui s'appelle la mélancolie.

J'ai examiné la femme du portrait — moi-même ? —, elle souriait, elle était tendre, confiante, le mouvement si souple, abandonné de son corps montrait sa soumission. Elle acceptait, elle était là. Elle se moquait bien de ma souffrance. Moi aussi, je m'en moquais, si tu étais avec moi. Mais à quoi bon souffrir, et me priver de mon enfant, si toi tu ne rentres pas ?

Pour la première fois depuis longtemps je regarde la pièce autour de moi. Le délabrement, la saleté, les objets abîmés, ternis sont autant de rappels d'un jour ou d'une nuit de malheur. Cette chaise branlante ? Un jour de colère, tu t'en es emparé et as frappé le mur avec violence. Le mur rayé. Le rideau déchiré. La cruche ébréchée ? Une nuit où tu toussais trop, je me suis levée précipitamment, voulant tenter quelque chose, je ne savais pas quoi, pour t'aider. J'ai oublié la cruche d'eau posée là, je l'ai heurtée, elle s'est cassée. J'ai trébuché, j'ai failli tomber — j'aurais perdu notre enfant.

Une toile était posée sur le chevalet. Modi ne l'avait pas achevée, lui qui peignait si vite et finissait toujours. Est-ce à cause d'elle qu'il était parti, et qu'il ne reviendrait plus peut-être ?

C'était un visage de femme encore, mon visage, mais je semblais si lointaine, emportée dans un songe — est-ce ainsi qu'il me voit ? Est-ce ainsi qu'il me veut, en retrait, frôlant la vie sans y entrer ? Pense-t-il que le malheur est nécessaire ? Le recherche-t-il ?

La tristesse, je la porte vraiment en moi, même si je prends toujours soin de la cacher. Personne ne l'avait vue auparavant. Mais toi, tu as su la déceler. C'est un mélange indistinct — elle est faite de l'effroi de te voir te détruire ainsi, de l'inquiétude où je suis de ta maladie, de cette vie difficile à chaque instant. Elle est faite de ma fatigue aussi, de mon ventre si lourd à traîner. Une tristesse qui s'accroît du manque d'espoir. Et de ma culpabilité : je n'ai pas réussi à te sauver. Béatrice Hastings y aurait peut-être réussi — je sais qu'elle se battait pour faire vendre tes tableaux. Loin de lui en être reconnaissant, tu lui reprochais ses efforts, cette obstination qui t'humiliait. Tu voulais seulement peindre — peindre encore et toujours. Elle t'a quitté ? Non, c'est toi qui l'as obligée à te quitter.

J'ai voulu confronter mes deux visages — celui que tu m'avais donné dans le tableau et le vrai. Je me suis approchée du miroir. D'habitude je n'y jetais qu'un coup d'œil pour vérifier ma coiffure ou mes vêtements, quand je m'apprêtais à sortir. Je n'arrivais pas à me voir vraiment. Il y avait tant de visages que je devais écarter ! Tes portraits sont des écrans qui me cachent la mémoire que j'ai de moi, et la réalité de mon reflet dans le miroir. Mais aujourd'hui je m'approchai encore du miroir en gardant les yeux baissés comme si j'allais affronter quelque chose d'encore plus menaçant que l'air froid autour de moi. Je levai enfin les yeux. J'avais eu raison d'avoir peur : celle qui était devant moi, je ne la reconnus pas.

À elle se superposèrent bientôt tous mes souvenirs. La jeune fille qui allait à l'Académie Colarossi et qui avait un goût de rire sur les lèvres. Celle qui souffrait quand elle devait te quitter parce qu'elle devait revenir dormir le soir chez ses parents. Celle qui avait laissé sa petite fille partir. Et l'autre encore, l'amante qui se serrait contre ton corps nu. Toutes celles-là, où étaient-elles ? Je ne voyais rien d'elles dans la femme pâle et lointaine qui était face à moi.

Notre amour et nos nuits comme des éclairs dans un orage n'étaient-ils destinés qu'à cela : à ce que tu partes ainsi. Je voulais bien le malheur, je voulais bien n'importe quoi, j'acceptais tout, et même les derniers cercles de l'Enfer, si nous restions ensemble. C'était la seule condition : ce partage avec toi. Mais hier soir je me suis révoltée parce que tu n'avais pas respecté ce pacte.

Ton absence, ce vide autour de moi ? Le vide des yeux de la femme qui s'emparait de moi. Le vide dans ses yeux. Le vide autour de moi. Le vide en moi.

Je haïssais cette inconnue qui était dans le miroir. Contrairement aux espoirs de Zbo, elle n'avait été capable de rien : elle était celle qui ne savait pas dire non. À force de se taire et de se soumettre, elle ne t'avait pas protégé. Pourquoi ? Parce que j'avais trop besoin de tes bras autour de moi. Parce que j'avais trop envie du poids de ton corps sur le mien.

Je ne pouvais me déprendre du désir que j'avais de toi. Jamais. C'était impossible. Toujours je gardais la passivité de l'amante. Même si tu te détruisais et me détruisais, je l'acceptais parce que je n'étais qu'attente de cet instant où, dans la nuit, tu me prenais contre toi.

Comme je la haïssais, cette inconnue dans le miroir ! Elle était le visage de ta mort.

Alors, sans que je l'aie prémédité, il y eut cet objet qui traversa toute la pièce. Un objet lourd. Aussi lourd que du granit. Ce n'était pas une pierre, c'était le cendrier. Je n'avais pu m'empêcher de le lancer sur le miroir. La surface lisse a éclaté. Une explosion où les brisures crissaient avec des plaintes aiguës — comme un gémissement.

Après, ce fut pire encore. Le silence revenu, j'ai vu que la menace était accomplie. L'image que reflétait le miroir, c'était bien mon propre visage, brisé. À l'intérieur des fêlures, encadrés par elles, il y avait des éléments épars :

— Ma bouche d'abord. Mes lèvres pour recevoir les tiennes, mes lèvres pour parcourir ton corps.

— L'œil. Un seul à la fois. Chacun était séparé de l'autre. Plus de regard donc.

— Le front. Coupé en deux aussi, méconnaissable.

Ce que je craignais était arrivé : je ne savais plus qui j'étais.

Le miroir était devenu un labyrinthe d'où surgissaient des personnages : toutes les femmes qu'il avait représentées. Je ne les avais jamais vues, mais je pouvais constater qu'elles me ressemblaient. Elles s'avançaient et prenaient possession de moi. Derrière elles, dans un désordre inouï, s'entassaient des scènes d'autrefois, venues de mon propre passé. Je les distinguais mal encore.

La seule qui fût nette, c'est cet après-midi où j'avais couru dans la rue vers Modi. Il était assis sur le parapet du Pont-Neuf, le genou plié, un pied sur la pierre. Il souriait. Ensuite nous étions allés à son hôtel. C'était la première fois où il m'avait enlacée. Les rideaux de la fenêtre étaient à peine tirés, et le jour éclairait son corps nu. Nous étions restés debout, sans oser nous parler. Puis il avait approché sa main de moi, touché mon épaule.

L'image se brouillait pour une autre scène : c'était un autre soir — le premier où j'avais connu l'attente. Jusqu'au matin, jusqu'à cet éclat gris pâle, puis rosé, qui avait envahi tout le ciel. J'avais des larmes dans les yeux parce que je ne pouvais plus supporter d'attendre, de l'attendre sans cesse. Tous les tableaux pour lesquels j'avais posé défilaient devant moi. J'entendais des fragments de phrases, les poésies que déclamait Modi et les hymnes yiddish qu'il chantait avec Soutine, ou ses vociférations, les plaisanteries d'ivrogne qu'il échangeait avec Utrillo en parcourant Paris, la nuit.

Des silhouettes se succédaient, envahissaient les fragments du miroir. Mais aucune n'était moi vraiment. Derrière celle qui apparaissait, j'en distinguais une autre. Je me penchais, cherchais dans les reflets. Les reflets ou sa mémoire ? Non, aucune de ces femmes n'était moi-même. Une image se détachait : une jeune fille qui portait un poncho rouge et vert. Elle montrait à peine son profil, puis elle s'effaçait. Je pouvais presque entendre son rire. Moi, est-ce que je savais rire ?

Et ma bouche, prise entre deux brisures, vivait sa vie propre sans se soucier de mon envie de pleurer. Les lèvres s'étirèrent. La bouche s'entrouvrit. Elle cria.

Derrière, j'apercevais encore d'autres silhouettes.

Et puis il y eut ce moment où je ne vis plus rien : parce que mes yeux étaient remplis de larmes. J'étais seule, personne ne saurait jamais que j'étais lasse, que je manquais de courage.

Ta voix. Je voulais entendre ta voix. Je me rapprochais de la fenêtre — mais non, je n'entendais rien. Le vide.

Des nuages s'étendaient sur le ciel. Seuls les yeux du portrait avaient préservé son bleu.

Je reculai jusqu'à la table. Tu y avais laissé ta palette. Je regardai les couleurs, passai un doigt sur un bleu clair que tu venais d'utiliser. Mon doigt resta taché de peinture. On aurait cru pourtant qu'elle était sèche. Je pris le linge avec lequel tu nettoyais tes pinceaux pour m'essuyer la main. J'eus beau frotter, la tache ne partait pas. Je m'acharnais comme si la peinture était responsable de notre malheur — il fallait l'ôter pour que nous soyons sauvés.

J'observe mon reflet dans le miroir brisé — quelle est ma vraie apparence ? Je ne sais plus qui j'étais auparavant et si je suis devenue seulement celle que tu sculptes la nuit, ou celle, si sage, que tu peins le jour et dont les mains ne sont plus là pour t'étreindre, mais restent entrouvertes, tendues, pour une prière ou pour une attente. Attente de la nuit qui tombe comme un drap nous recouvre. Chaque nuit où je t'étreins, je souhaite qu'elle soit la dernière, parce que j'ai peur du jour qui doit nous séparer et de cette attente encore qui lui succédera. J'ai rêvé : j'avais les pieds nus et le sol était couvert de pierres au tranchant acéré. Du gris partout, sans les autres couleurs de ta palette. Sans ses ocres et ses rouges. Sans ses bleus. C'était cela, l'au-delà de la mort, plus terrible qu'elle et que son désespoir.

La pluie. Ses gouttes froides qui tombent. Encore et encore. Elles me séparent de toi, m'isolent encore plus. Elles tracent les mailles d'un filet qui tombe sur le monde. Si tu étais avec moi, cela n'aurait aucune importance que nous soyons ainsi à l'écart de tout. Au contraire, j'aurais l'illusion que ce n'est pas le malheur qui nous sépare du monde des autres mais simplement cette barrière-là, si fragile, si éphémère : la pluie. Dès qu'elle cesserait, les jours deviendraient à nouveau simples, faciles. Tout serait effacé, ce serait comme avant, il y a deux ans, quand j'étais venue te retrouver dans l'hôtel où tu vivais. La chambre était si petite que, pour peindre, il fallait mettre tes affaires sur le lit, et installer la toile sur l'une des deux chaises.

Je me tiens devant la nuit. J'ouvre la fenêtre malgré le froid et j'écarte les bras, mais je n'étreins que le vide.

J'ai posé mes mains sur la palette, j'ai caressé le pinceau : c'étaient tes mains que je voulais retrouver.

13 décembre

Paulette nous a apporté l'argent de Zbo. Elle est arrivée essoufflée. Je sais qu'elle monte le dernier étage le plus vite possible. L'escalier est sombre, très étroit. Elle a peur. Modi lui a demandé de poser, mais elle ne pouvait pas aujourd'hui. Hanka lui a donné trop de travail, du ménage, des courses à faire. Demain elle ne pourra pas non plus, parce qu'elle continue à suivre des cours à l'école : « Je n'ai que quinze ans », dit-elle en se tenant très droite, comme pour démentir en même temps ce qu'elle affirme. Modi était déçu qu'elle ne puisse venir qu'après-demain. Malgré l'escalier, pour lui faire plaisir, elle est partie lui acheter du rhum.

14 décembre

Nous revenons de Saint-Ouen : Modi a voulu me montrer les panneaux de Toulouse-Lautrec qui décorent la baraque foraine de la Goulue. Elle n'était pas là. La porte était cadenassée, il faisait trop froid sans doute pour qu'on puisse y dormir. Lunia m'avait dit qu'ils étaient venus cet été et avaient vu la Goulue qui s'exhibait à côté d'un dompteur dans une cage à lions. Elle était lourde, le visage bouffi. Une robe d'un vert choufleur l'engonçait et la rendait presque maladroite.

— C'était si triste, m'a dit Modi, de la voir ainsi, elle qui avait lancé le french cancan en faisant voler ses jupons pendant des heures. Une reine déchue. Autrefois, le public l'applaudissait, lui lançait des fleurs et la réclamait dans la salle. Elle était si avide de vivre, de danser, d'aimer. De boire ! Pendant les entractes, elle s'amusait à finir les verres laissés sur les tables : c'est pour cela qu'on l'appelait la « Goulue ».

— Elle est devenue dompteuse ?

— Dompteuse ? On l'enfermait dans la cage aux fauves avec quatre lions. Ils étaient si vieux, si endormis qu'ils se traînaient lamentablement. À vrai dire, plutôt que de les calmer ou de les dompter, elle essayait surtout de les réveiller. C'était si ridicule, si triste.

Nous avons fait le tour de la baraque. La brume du ciel gris ne réussissait pas à masquer les flamboyances rouge et jaune des panneaux qui représentaient la Goulue dans sa gloire.

16 décembre

Ce matin tu t'es levé avant moi.

Je voulais que la nuit qui nous avait réunis ne cesse jamais. Je voulais rester contre toi, ne jamais être séparée de toi.

Je me suis glissée à ta place — je voulais ta chaleur. M'étirant dans le lit, j'ai épousé exactement la forme de ton corps, j'ai tourné la tête sur l'oreiller, posé ma joue là où tu avais mis la tienne.

Plus tard, je suis descendue pour acheter du pain, du fromage. J'ai fait vite, mais quand je suis revenue tu n'étais plus là.

J'ai pris un crayon, et j'ai dessiné moi aussi : je voulais habiter ton souffle même.

17 décembre

— Mais tu ne vois pas, m'a dit mon frère, qu'il est en train de te détruire. Tu vas en mourir.

Eh bien, est-ce qu'il ne pouvait pas comprendre cela, que j'aimais mieux mourir que vivre et ne plus le voir ? La nuit, le jour ? Une autre alternance les a remplacés — ta présence, mon attente.

Qui es-tu, Modi, pour te faire tant de mal ? Comment peux-tu agir ainsi ? J'essaie de me rappeler ce qu'on m'a rapporté sur toi. Des définitions tournent dans ma tête. Qui a raison ? Aucun de tes amis n'a vu cette douleur qui crispe tes traits quand tu arrêtes de peindre, la façon dont tu détournes la tête... Licini trouve que tu ressembles à la fois à un poète et à un bandit, avec quelque chose de tragique et de fatal. Personne n'a deviné, ni même soupçonné cette blessure qui est en toi. Moi seule je l'ai comprise. Et Béatrice, l'avait-elle perçue ?

Autour de moi, tu as peint, comme autant de prisons, des rectangles : le cadre de la porte, la découpe de ses vitres.

Je suis aux aguets : devant ma propre apparence, ou devant la peur ? C'est la même chose, les deux finissent par se confondre.

18 décembre

Une fois les courses faites, je ne suis pas remontée tout de suite. Je suis restée au bas de l'escalier, assise sur une marche. Je n'osais pas revenir dans l'atelier. Je savais que la femme aux yeux sans pupilles m'attendait. Parfois je me sens aussi inutile qu'elle, les yeux aussi transparents que les siens puisque je n'ai pas su ce qui allait arriver.

Je suis restée longtemps assise sur cette marche — jusqu'au moment où je me suis dit que le froid était insupportable. Mais la vérité est autre : je ne voulais rentrer chez nous qu'à la tombée du soir, quand l'obscurité masque le visage de la femme et ses yeux qui m'effraient.

19 décembre

Je dois riposter, prouver que, moi, au contraire, j'ai un regard. Un vrai regard ? Un regard de peintre. J'ai décidé de faire moi-même mon portrait. Montrer qui je suis réellement. Chaque trait de mon pinceau est une façon d'échapper à ses pouvoirs. Je ne veux plus souffrir. Je ne veux pas être vaincue par cette femme qui a les yeux éteints. Je veux me battre pour vivre. Me battre pour que tu vives.

20 décembre

Voilà ! Mon tableau est achevé. Je n'ai pas pu m'empêcher de sourire en le regardant : j'y suis une guerrière. Invincible. Mes cheveux sont coiffés différemment. Plus de boucles — un casque. Le menton est volontaire, pointé en avant. Mes mâchoires sont serrées comme si j'allais me battre. La torsion de mon cou souligne combien je suis à la fois sur la défensive et prête à avancer pour combattre. Mes yeux décidés affrontent. Un regard tendu, presque inquisiteur, qui veut tout observer, comprendre et reste en même temps sur le qui-vive. Loin d'être passive, je suis si vivante que je semble échapper à l'immobilité du tableau. J'ai l'air aussi d'être en métal : je ne veux plus souffrir.

21 décembre

Les draps sont sales. Ceux que j'avais donnés à laver sont trop lourds à porter, ils sont restés chez la lingère. Je n'ose pas demander à Hanka ni à Zbo de les prendre. Si mon frère venait me voir, il le ferait.

Le poêle s'est éteint. J'ai essayé de le rallumer. Mais il n'y a plus assez de charbon. Le froid augmente. Je me serre contre toi dans le lit pour avoir plus chaud. Je n'ai plus la force de nous faire à manger. D'ailleurs il n'y a plus rien sur les étagères, les dernières provisions ont été épuisées la semaine dernière. Si je n'ai pas la force de préparer un repas, j'ai encore celle d'écrire. Écrire, tenir ce journal, pour me prouver que nous sommes encore vivants.

Les murs couleur ocre et rouge qui nous cernent, il me semble parfois que je les vois s'animer, se libérer de la grisaille que la fumée du poêle a déposée. Leur couleur redevient celle du fond de tes tableaux. Celle des fresques où vivaient les nymphes, les Vierges, les Vénus que tu voulais rejoindre. Voilà, tu les retrouves enfin, et moi aussi je les rejoins. Bientôt nous allons nous mêler à leur foule, à la Vierge de Sassetta qui incline la tête, à celle de Simone Martini qui se déhanche si légèrement, se dérobant comme pour échapper à la parole de l'ange, et à toutes celles dont tu m'avais incitée à copier les attitudes.

Tu ne me l'avais pas demandé mais, plus adroitement, tu me l'avais suggéré : très souvent tu laissais traîner sur la table ou sur le lit des reproductions de ces madones. Je me réveillais, je les voyais. Je débarrassais la table du repas, je me trouvais à nouveau confrontée à leur geste alangui, à leurs bras arrondis. Dans mon rêve, je me frayais un chemin parmi ces multiples femmes dressées là comme des arbres dans une forêt. L'une d'elles m'apparut encore plus gracieuse, plus envoûtante que les autres. C'était celle que représentait une carte postale enfouie, cachée sous les autres dans la boîte en carton, celle qu'avait sculptée Tino di Camaino. J'accélérais le pas, pour la rattraper : je savais que c'était la plus essentielle, la plus mystérieuse, la plus secrète. Elle avait décidé de ta vocation de sculpteur. Trop parfaite, excessive, elle symbolisait ton échec — l'impossibilité de sculpter. C'est à cause d'elle que tout a commencé et que tout a fini si vite. C'est à cause d'elle que tu as sculpté. À cause d'elle que tu as arrêté.

Dans mon rêve, je ne la voyais que de dos. J'accélérai le pas pour la rejoindre et découvrir son vrai visage. Je voulais lui ressembler. L'offrir ainsi à ton pinceau de peintre, pour qu'enfin elle soit aussi accessible et soumise que moi, Jeanne, je le suis. J'essayais en vain de la rattraper. Toujours elle me devançait, marchait plus vite que moi. Bien qu'elle fût en pierre, sa silhouette semblait voler. Mon ventre trop lourd me gênait, je ne réussissais pas à la rejoindre.

M'avait-elle comprise ? Elle s'arrêta comme si elle

m'attendait. J'arrivai enfin à ses côtés. J'étais impatiente, sûre de pouvoir enfin la retenir et la faire tienne.

Le mouvement de ses voiles m'annonça qu'elle allait se tourner. Elle s'est retournée en effet, mais ses traits brusquement se sont creusés. Sous le voile bleu, un visage apparaissait. Ma mort. La tienne.

Ma famille ne s'occupe plus de moi. Ils ont rompu avec moi puisque je t'ai choisi. Même mon frère, Alfred, ne vient plus me voir. Sa présence me manque, mais je ne l'appelle pas. Par orgueil. Par lassitude, car je réduis maintenant tous mes efforts au minimum. Je ne pardonne pas à mon frère de ne pas croire à ta peinture. Rivalité de peintre ? Lui, il préfère peindre des paysages et il sait bien qu'il n'a que du talent.

Je ne sais pas si mon frère a décidé aussi de se désintéresser de moi ou si, à force de refuser de le voir, j'ai fini par le rebuter. Je n'ai pas de temps pour lui, ni pour personne d'ailleurs. Le temps ? Il n'existe que pour toi.

22 décembre

Nous ne vivons pas comme les autres. Je cherche parfois à comprendre ce qui différencie le plus notre vie de la leur. À heure fixe la voisine va chercher le lait, son mari part au travail, sa petite fille rentre de l'école. À heure fixe, l'épicier ouvre et ferme son magasin, et les étudiants, mes amis d'autrefois, entre à l'Académie Colarossi, tout à côté de chez nous, rue de la Grande-Chaumière. Mais nous, nous n'avons pas d'horaires.

Une nuit, j'ai fait ce rêve : le tic-tac du réveil te dérangeait. Tu l'as jeté à terre. Je l'ai ramassé. Il n'y avait plus qu'une seule aiguille, l'autre était tombée.

Ai-je rêvé, ou as-tu vraiment jeté ce réveil ? Aucune obligation précise ne rythme nos journées. Pour nous le temps est étale, si étale qu'il semble immobile. Il n'est qu'une attente : moi, je t'attends, et toi tu attends le moment où tu vas peindre. Alors, dès que tu prends ton pinceau, apparaît un autre temps : celui de l'Urgence. Tout se bouscule, converge pour que tu achèves au plus vite le tableau commencé.

En me réveillant, j'ai pensé qu'un torrent nous emportait. Tout dérape autour de nous. Je m'efforce de me souvenir des règles de mon enfance. D'un geste à l'autre, je tente de reconstruire une trame solide, mais c'est impossible. Hier, j'ai décidé de copier ma mère qui épluchait des légumes pour la soupe. J'ai choisi des pommes de terre, des poireaux, des carottes. Je les pelais avec soin — c'était difficile de m'appliquer ainsi parce que je pensais que personne ne mangerait cette soupe. Mais je me rappelais les indications de ma mère, sa façon de manier le couteau. Pour retrouver le calme que nous connaissions alors en famille, je me récitais à voix haute des phrases de ce philosophe grec, Plotin, dont mon père nous faisait la lecture pour se délasser de son travail de comptable.

Ce matin aussi, j'ai préparé le petit déjeuner — du pain, du beurre, des olives, ce qui pourrait te tenter. Tu as regardé la table — je savais ce qui te manquait, mais j'ai fait semblant de ne pas comprendre. Sans t'en étonner, tu t'es dirigé vers la commode et tu as pris une bouteille. Le petit déjeuner que j'avais disposé sur la table est resté intact. Tu n'as rien touché, rien mangé. Peu importe. Je recommencerai demain. Je rangerai, je balayerai. Des actes dérisoires, apparemment insignifiants, mais qui, additionnés, défendent notre vie.

Un rayon de soleil a effleuré un tableau. Le jaune irradie, presque violent. Il m'a rappelé les mimosas du Midi. Là-bas, quand nous y étions, il n'y avait même plus de place pour l'ombre du malheur. Je traversais la rue en riant, tu m'entraînais en me tenant par la main. Nous étions heureux.

23 décembre

Il est parti. Je l'attends à nouveau. Le soir tombe. C'est l'heure où, chez moi, ma mère mettait la table pour le dîner. Je sais que Modi reviendra beaucoup plus tard, peut-être à l'aube seulement. J'ai préparé le repas, mis le couvert. À son retour, sans y prêter attention, il s'écroulera sur le lit. Il aura trop bu pour pouvoir manger. C'est égal, je continue à faire « comme si » — comme si nous menions une vie normale. Tant que je fais « comme si », j'affirme que Modi va guérir. Je repousse le malheur.

Hier, pour la seconde fois, tu as été brutal avec moi. J'essayais de te convaincre de rentrer à la maison. Tu m'as repoussée sans craindre de me faire mal. J'ai accepté cette violence : celle que tu exerces contre toi est encore pire. On croirait que tu te punis. Avant-hier, chez Rosalie où nous étions allés manger des spaghettis à l'ail, des artistes de la bande à Picasso ont fait une entrée tapageuse. Ils t'ont interpellé : « Viens avec nous. » Tu ne les as pas rejoints. Ton désarroi quand tu confrontais ton tableau et *L'Annonciation* de Simone Martini était là, flagrant à nouveau. Tes yeux s'étaient assombris. Je me suis souvenue de la première fois où j'ai ressenti ce même malaise. C'était le soir de cette fête qui réunissait les artistes de Montparnasse. Tu t'amusais au début. Quand Picasso et ses amis se sont mis à parler peinture, tu es resté silencieux, attentif. Tu ne te mêlais pas à eux d'habitude, refusant peut-être des discussions qui pourraient susciter des doutes en toi. Tu travailles les yeux rivés sur le passé. Eux, ils sont l'avenir. Je sais que tu admires Picasso. Tu le dis. Et même dans le portrait que tu as fait de lui ! Au-dessus de son épaule, en très grosses lettres, tu as tracé le mot « savoir ». Mais le savoir t'intéresse-t-il vraiment ? Près d'Utrillo, au moins, tu n'as pas à craindre de semblables problèmes — il ne se soucie pas de théorie, ni de tout remettre en question, de détruire, ou d'inventer. Soutine non plus, il vit sa peinture, il est tout entier dans l'élan de l'instant. Une peinture du cœur comme la tienne, où il n'a que faire des discours et des théories. Pas de remise en cause donc. Rien qui te menace.

Une évidence s'est imposée à moi : tu bois de plus en plus, tu as besoin de boire en peignant pour masquer cette sensation de frôler toujours l'échec. Un double échec. Jamais tu ne parviens à atteindre la perfection des chefs-d'œuvre du passé, de même que la modernité passe à ton côté sans que tu t'en saisisses.

Hier, malgré le froid, tu es sorti sans manteau, sans foulard. Moi aussi j'ai peur. Souffres-tu d'être à l'écart des autres artistes ? À La Rotonde, des touristes et des élégantes t'entourent. Mais tu t'isoles des peintres que tu admires. Tu te tiens au courant pourtant, et j'ai remarqué que souvent, de façon indirecte, tu poses des questions pour connaître leurs nouvelles manières de travailler. Ils sont tous descendus dans le Midi, ils ont campé leur chevalet en pleine nature, mais les paysages ne sont pas des motifs qui t'intéressent. Encore moins les recherches formelles dont ils sont le prétexte. « *Novo pilota* », avais-tu inscrit sur le portrait de Paul Guillaume. Maintenant, les avant-gardes, tu n'en fais plus partie. Les futuristes, tu as refusé leur aventure — comment pouvais-tu, comme ils le veulent, renoncer à peindre des nus ! Tu es seul. Seul. Même si tu t'accoudes à un zinc pour boire des verres de vin avec Utrillo. Quant à Soutine, ombrageux, si inquiet, vous êtes amis, mais tout vous sépare. Toi, tu veux l'harmonie. Lui, il voit la violence, la brisure, le tumulte. Tu es seul, Modi. Seul.

25 décembre

J'ai couru dans la rue pour te retrouver. Je t'imaginais, allongé sur un banc ou sur le trottoir glacé, et restant là toute la nuit, mourant peu à peu de froid. Je t'ai cherché dans les cafés habituels. Tu n'étais dans aucun d'eux. J'ai marché plus loin encore. L'obscurité s'épaississait. J'avais peur de m'aventurer dans ces rues désertes, mais je voulais aller jusqu'à l'avenue du Maine où on t'avait trouvé endormi, un matin. Les pas d'un homme se firent entendre, je me cachai tout d'abord dans l'encoignure d'une porte. Puis je me précipitai derrière lui et l'appelai, espérant qu'il t'avait vu. Il ne se retourna pas. Je finis par aller au commissariat. Tu n'y étais pas.

Quand je suis rentrée, j'étais si fatiguée que je ne pouvais plus monter les étages. Longtemps je suis restée assise sur une marche. Arrivée dans la chambre, j'étais épuisée, pourtant je ne me suis pas couchée. Invinciblement, la fenêtre m'attirait : j'avais besoin d'être contre elle. C'était le lien qui m'unissait à toi. C'est de là qu'en me penchant je te verrais d'abord. Il faisait trop froid pour l'ouvrir. Mon front, appuyé sur la vitre, devenait de plus en plus glacé.

Mais tu n'es pas rentré cette nuit.

26 décembre

Tu dors. Aujourd'hui, tu n'as pas peint, pas même dessiné. Tu étais trop épuisé. J'ai pris un crayon. Là où tu n'as plus la force d'aller, j'irai à ta place. Je t'ai dessiné.

27 décembre

J'ai revu ma mère. D'une voix contrainte — je devinais l'effort qu'elle faisait pour maîtriser sa colère — elle m'a murmuré :

— Tu dois le quitter. Pour toi, pour tes enfants. Tu ne peux rien pour lui. Seulement te détruire. Tu dois songer à toi, à ta petite fille. Et l'enfant qui va naître ? Comment vas-tu l'élever si tu restes avec cet homme-là ?

J'ai revu aussi mon frère. Il était triste, parlant à peine. Comme je l'interrogeais, il a fini par me dire :

— Tu devrais partir, tu ne peux rien pour lui.
Lui non plus, il ne comprend pas.

Vivre ? Est-ce cela que les autres appellent vivre ? Je ferme les yeux, j'essaie de me souvenir de ce qu'on appelle la vie — des gestes, des heures identiques. Une tapisserie aux fils serrés. Pour nous, au contraire, rien n'est jamais fixé d'avance. Tout bascule, se métamorphose, devient gai ou tragique : il suffit de ton humeur, de la quantité d'alcool que tu as bu, du contentement ou de la déception que tu éprouves devant le tableau que tu viens d'achever. Les flammes de l'enfer, c'est peut-être cela : une apparence sans cesse mouvante des choses autour de nous.

J'examine la pièce. Il n'y a pas si longtemps, quand nous sommes venus ici, Modi était si heureux qu'il a joué à me porter dans ses bras pour me faire franchir le seuil — « comme dans la Rome antique », m'a-t-il dit. C'en était fini des chambres d'hôtel ! Pour la première fois depuis qu'il était à Paris, il avait enfin un vrai logement, un atelier où il pouvait peindre, sans être obligé d'aller ailleurs, chez Zbo par exemple.

Tout a changé maintenant. Même les objets paraissent différents — ils sont ternes, tristes. Moi non plus je ne suis plus la même. Le rire peut-être ? Je ne sais plus rire. Mais c'est autre chose, de plus essentiel, qui me manque. Lui, Modi, il rit, mais il n'y a plus de gaieté dans ce rire-là. De la violence. Du défi. Le désespoir.

Le fait de rire ou de ne pas rire n'a pas d'importance. Quelque chose de plus inquiétant est survenu : la peur. Feutrée, fielleuse, elle prend possession de moi.

Elle s'invente de multiples formes. La peur qui enserre mes tempes quand je t'entends tousser. Celle qui cisaille tout mon corps quand tu n'es pas là. Celle qui rend mon souffle si âpre. Une peur qui griffe, meurtrit : est-ce que tu reviendras ? Peur qui me réveille la nuit. Qui m'étreint au matin. Qui pèse sur mes bras, les rend si lourds. Et celle-là, plus terrible encore, de paraître à chaque fois nouvelle et toujours plus inconnue : quand l'aube pâlit le ciel sans que tu sois encore revenu.

28 décembre

Il n'y a plus de « comme si ». Nous n'échapperons pas au malheur. Je ne sais plus à quel moment je l'ai compris. Peut-être dès le réveil, quand j'ai vu les nuages gris qui filaient sur le ciel ? Le bleu dont tu avais entouré mon visage et mon buste était étouffé. Le ciel ne redeviendra jamais bleu. Il est inutile de lutter.

Sur la table, le repas n'a pas été touché. Nos vêtements traînent sur une chaise, mon châle et ta chemise ont glissé à terre. Tout est sombre, indistinct.

Je suis seule. Seule à nouveau avec le portrait de la femme qui n'a plus de regard. Refuse-t-elle de le donner ? Ou ne regarde-t-elle que l'au-delà de la mort ? J'ai peur d'elle. Peur qu'elle ne m'entraîne là où règne le vide. Peur de me perdre comme elle.

30 décembre

La fenêtre. L'obsession de la fenêtre. Il n'y a pas de jour où je ne m'arrête devant elle. Parfois, pendant des heures entières, je regarde à travers ses vitres. C'est le lieu de l'attente. Elle est à la fois ma complice et mon ennemie. Quand tu es là, je la regarde encore. Elle est la preuve que l'attente a cessé. Je n'ai plus besoin de m'approcher d'elle, de me pencher dans la nuit.

Lorsque Lunia et Hanka ont préparé notre logement, faute d'argent pour acheter des rideaux elles ont recouvert une partie des vitres de peinture blanche. À travers celles qui sont restées transparentes, je regarde le bleu léger du ciel. Je le surveille : je ne veux pas qu'il m'emprisonne comme dans le tableau. En même temps, il m'attire, il est là comme un appel : c'est le bleu que tu utilises pour accentuer la clarté de mes yeux ou le jaune de ma robe dans ce tableau où tu m'as représentée, le ventre lourd de notre enfant.

Il m'arrive de faire un détour inutile pour passer devant la fenêtre. Elle me permet de voir les gens qui traversent la cour, des gens normaux, qui ne vivent pas, comme nous, dans la peur. Apercevoir la concierge qui range les poubelles ou la petite fille qui saute à la corde, c'est avoir une preuve que la réalité existe encore.

31 décembre

Tu as dit que tu voulais aller voir Giovanna. Moi, je ne pouvais pas t'accompagner, ma grossesse est trop avancée.

J'ai donc renoncé à cette joie. J'ai voulu te retenir auprès de moi :

— Ne peux-tu pas attendre ? Nous irons ensemble après la naissance de l'enfant.

— Non, il faut que j'y aille maintenant.

Le ton était sans réplique. Cette détermination m'inquiéta. On aurait cru que tu craignais, sinon, de ne plus jamais la revoir. Comme si tu avais deviné mes pensées, tu ajoutas en souriant pour me rassurer :

— J'ai trop envie de la prendre dans mes bras, tu comprends ! Mais ne t'inquiète pas, nous retournerons très vite la voir ensemble. Et avec notre petit garçon ! Et puis nous partirons tous les quatre en Italie !

Tu me caressais la main, mais ton regard était flou, brouillé par la fièvre.

Tu es parti, sans dire quand tu reviendrais. Toute la journée, je suis restée dans l'atelier à t'attendre. J'avais décidé de profiter de ton absence pour ranger la pièce et la nettoyer, mais je suis trop lasse, découragée. Je me suis assise devant un tableau laissé par Zbo, cette femme qui est moi, enceinte, en chemise blanche. À mesure que les heures passaient, je sentais qu'elle gagnait du terrain sur moi. Elle happait l'espace entre nous deux, le dévorait : celui qui m'appartenait s'amenuisait. Bientôt je serais obligée de fuir. Je disparaîtrais.

La nuit tombait. J'avais peur, j'avais froid. Malgré l'obscurité qui aurait dû me protéger, je distinguais encore les yeux pâles de la femme du portrait qui me poursuivaient. La nuit recouvrait tout, sauf son regard sans pupilles.

J'ai entendu le bruit de la serrure. Je l'avais fermée à clef. Mon cœur s'est mis à battre. Je n'avais pas allumé les bougies, la pièce était obscure. C'était la fin de la journée et le moment où Modi pouvait revenir de son voyage. Il m'appela, et déjà sa voix me parut différente. J'ouvris la porte. Il était méconnaissable, il avait retrouvé son rayonnement d'autrefois, la liberté de ses gestes. Il parlait si vite dans son enthousiasme qu'on remarquait encore plus son accent italien.

— Giovanna est incroyablement belle ! Si tu savais comme ses yeux sont brillants. Ils pétillent d'intelligence. Elle a mis ses bras autour de mon cou. Elle m'a reconnu ! Et son sourire ! Elle a de longues mains, si fines...

Ce sont tes mains, Modi.

1er janvier

Le rideau pend, un peu déchiré : un soir où il avait trop bu, Modi s'est accroché à lui. Il m'arrive de songer à le recoudre. Mais je ne le fais pas, l'enfant va naître bientôt. Dans quinze jours peut-être. Alors, je me persuade qu'il est dangereux pour moi de monter sur un escabeau. C'est une fausse excuse. En fait, ce rideau qui se déchire, quand je le vois pendre ainsi, au lieu de m'inquiéter, me réconforte : on pourrait croire que notre malheur est inscrit là enfin à distance de nous, repérable. On peut le toucher. On voit ses limites. Pour le maîtriser, il suffirait de prendre un escabeau, du fil, une aiguille, et de le recoudre. Il est donc rassurant de le voir là. De temps en temps, je lui jette un coup d'œil pour le surveiller : la déchirure ne s'est pas accentuée. Tes yeux cernés ou ton épuisement m'avaient fait craindre que le malheur ait encore accru sa puissance, mais ce n'est pas le cas : la déchirure, qui reste identique, indique que rien de grave n'est survenu.

La nuit, quand je ferme les yeux avant de m'endormir, je vois défiler des tableaux de toi : la femme à la cravate noire, la petite fille dont les mèches s'échappent d'un béret, le jeune paysan aux lourdes mains, la belle épicière avec son grand tablier blanc. Et Thora, l'étudiante suédoise qui est venue poser en novembre. Quand tu as toussé, elle s'est effrayée du sang. Tu lui as dit que tu ne supportais pas la poussière de charbon. Elle t'a cru. Jamais tu ne parles de ta tuberculose. Tu prèfères dire que tu es fatigué. Ce sont nos compagnons, nos amis. Ils sont plus vrais que les passants que je croise dans la rue, plus vrais que nos amis ou nos visiteurs. Quand Zbo s'est assis tout à l'heure, les jambes croisées, très vite je ne l'ai plus vu tel qu'il était aujourd'hui, si élégamment vêtu, et la joue marquée de cette petite coupure qu'il s'est faite ce matin en se rasant. Peut-être parce qu'il était installé sur la même chaise et dans la même attitude où tu l'as peint, son visage, celui qui s'imposait à moi, était désormais celui que tu lui as donné, et qui traduit sa véritable nature, sa générosité. Lunia n'a pas en vérité le cou aussi long que sur les portraits que tu as faits d'elle, mais tu soulignes ainsi la noblesse d'âme qui la caractérise. « Dessiner, c'est posséder », dis-tu souvent.

2 janvier

Ce matin, je suis descendue acheter des légumes au marché, j'ai choisis des poireaux, des carottes, des pommes de terre pour faire une soupe chaude. Le marchand a plaisanté avec moi. Quand je suis remontée dans l'atelier, Modi était en train de peindre. Pourtant il était seul, lui qui dit avoir toujours besoin d'un modèle.

Puis j'ai compris : il regardait de côté, dans le nouveau miroir que nous a offert Zbo. Son modèle ? C'était lui-même. Pourquoi, pour la première fois, un autoportrait ? J'étais stupéfaite, inquiète aussi. Pourquoi a-t-il décidé de réaliser son portrait maintenant, alors que son visage est si amaigri, ses traits défaits ?

Quand il est sorti, je suis allée regarder son tableau. Il s'est représenté bien coiffé, les cheveux lissés, alors qu'il sort maintenant la chevelure en désordre, ses boucles emmêlées. Il se tient avec une dignité forcée, presque douloureuse, mais son visage est figé, dépourvu d'expression. On croirait un masque. Ses yeux, mi-clos, sont réduits à deux fentes, comme s'il s'épuisait tant à respirer qu'il n'avait plus la force de regarder. Ou, pire encore, comme s'il y renonçait, n'en ayant même plus le désir. Est-ce pour cette raison qu'il n'a pas travaillé ces jours derniers ? Non plus la peur, mais la certitude de la mort. Sa main est à peine esquissée. Une main inutile, un poids au bout du bras, des doigts gourds, informes, qui ne tiennent plus le pinceau.

Cependant, de son autre main, il brandit sa palette, la présente de face pour montrer toutes ses couleurs. Le foulard que Zbo lui a rapporté d'Angleterre est noué autour de son cou. Il a gardé sous sa veste tous les vêtements qu'il met ici l'un sur l'autre pour supporter le manque de chauffage. Son corps paraît ainsi massif, et il l'a habillé de rouge rouille pour lui donner davantage de présence. Affirmer qu'il est encore là, vivant. Autour de lui les jaunes et les ocres du mur sont les couleurs des fresques d'autrefois. Mais celles aussi du sable, de la terre. J'ai fermé les yeux — de peur.

3 janvier

Ce matin, quand je me suis réveillée, j'ai regardé le mur en face et j'ai pensé que bientôt il allait nous recouvrir. Pourquoi as-tu voulu le peindre de la couleur de la terre, de la terre d'Italie ? J'ai pensé à la terre qui va bientôt nous recouvrir, la terre menaçante, ses vagues qui vont se refermer sur nous, et nous séparer.

J'avais peur que cet atelier ne devienne notre tombeau. Je voulais sortir, sortir…

Tu tousses la nuit. Du sang tache les oreillers, les draps. Mais nous allons partir dans ton pays. Dès que l'enfant sera né. Là-bas tu guériras, tu en es certain. C'est le soleil de l'Italie qui te manque. Sa brûlure. Sur la terrasse du café Bardi, non loin du quai où les pêcheurs déversaient des poissons, tu renversais la tête en arrière pour le sentir plus fort. Tu veux retourner là-bas, descendre le long du canal jusqu'au port, t'allonger sur le quai et écouter le cri cruel des mouettes. Les remparts et les murailles du fort sont d'un rouge brûlé par le soleil, ou terre de Sienne, comme les fonds de tes tableaux. Tu m'emmèneras aussi, tout près de Livourne, à Lucques, la ville où de vieilles maisons populaires ont poussé sur les fondations tout autour de l'amphithéâtre romain. La façade et les parois latérales des églises sont en marbre, avec des colonnades blanches et grises ou d'un rose qui s'anime sous le soleil couchant. Tu m'as décrit la sainte Hélène de Filippino Lippi, songeuse, le regard comme tourné vers elle-même. Tu veux me montrer encore les madones en terre cuite vernissée blanc et bleu, avec leurs poses affectées et leur regard absent.

4 janvier

À côté de la commode, sur la table, sous les chaises, il y a des bouteilles vides, des mégots, des boîtes de sardines ouvertes. Nous ne mangeons plus que ces conserves. Aujourd'hui j'avais décidé de les jeter, mais je ne l'ai pas fait. J'étais trop pressée. Il était plus urgent de prendre un crayon et de te dessiner. Tu étais couché, les yeux clos. Te dessiner, c'est contrarier le temps qui passe, préserver ce qui reste de ta beauté. Empêcher le temps de gagner. Hier ainsi, alors que tu dormais, je me suis approchée du lit, j'ai esquissé ton profil. La lueur de la bougie semblait te caresser, mais elle dénonçait tes cernes, tes joues creuses, ton teint livide.

Mais Zbo et Ortiz sont arrivés. Ils ont vu tout ce que j'aurais voulu cacher. De l'huile avait coulé sur le plancher. J'ai lu la surprise sur leur visage. Leur regard s'attardait sur les bouteilles et sur les boîtes de conserve ouvertes.

Je me suis dit que j'aurais dû les jeter tout de suite. Je m'étais promis de le faire après avoir dessiné, mais l'aurais-je fait ? Aurais-je vraiment rangé ? Je ne le crois pas. Chaque geste me pèse. J'aurais remis encore à plus tard.

5 janvier

Je connais maintenant la peur à chaque instant, sauf quand mon corps touche le tien. Seule la chaleur de ton corps peut m'en délivrer.

Peur de la fièvre dans tes yeux, peur de voir tes cernes plus noirs encore lorsque j'ouvrirai la porte. Peur de moi aussi qui t'obéis et t'apporte encore, et sans cesse, de l'alcool.

Moi aussi je deviens comme toi, soumise seulement au tableau que tu vas peindre. Loin de t'empêcher de boire, il m'est arrivé au contraire de te verser moi-même de l'alcool, de te tendre le verre, pour que tu puisses dominer ta fatigue, te lever et aller jusqu'à ton chevalet.

6 janvier

Quand Zbo te supplie de partir dans le Midi ou de te faire soigner dans un sanatorium en Suisse, tu plaisantes affirmant que, pour respirer du bon air, tu préfères Montmartre. Avant-hier, tu avais décidé d'y aller. Seul. Tu n'avais pas envie que je t'accompagne. Qui voulais-tu voir ? Utrillo n'est pas chez sa mère, il est peut-être toujours interné à Picpus. C'est lui-même parfois qui demande à être enfermé.

Au moment de partir tu as eu une crise de toux. Je t'ai conseillé de rester, de te reposer.

— Non, je dois y aller, répétais-tu.

Quelle obligation avais-tu donc ? Tu as fini par me dire que tu irais chez Suzanne Valadon. Ton regard fuyait comme si c'était un aveu. J'ai insisté :

— Tu es fatigué, remets à un autre jour.

— Non, je dois y aller maintenant.

À nouveau ce regard qui fuyait.

Tout à l'heure j'ai rencontré Suzanne. Elle était venue livrer des toiles à un client. Je n'ai pas eu besoin de lui poser des questions.

— Je suis inquiète, m'a-t-elle dit. Jamais Modi ne m'a semblé aussi désespéré. Il m'a récité des poèmes de Villon et de Lautréamont, et d'autres que je ne connaissais pas. C'était très beau. L'un d'eux en yiddish semblait triste. Jamais auparavant, je ne l'avais entendu.

— Tu t'en souviens ?

Elle m'a cité quelques paroles.

C'était le kaddish, la prière que les juifs prononcent pour les morts. Il m'a semblé alors que l'air devenait encore plus froid, je suis rentrée très vite à la maison. J'avais peur.

Sur la table traîne une carte de ta mère pour laquelle elle a fait une réponse payée. Tu l'as mise là, tu as préparé l'encrier, mais tu n'as rien écrit. Tu n'as pas peint non plus — sur le chevalet il y a toujours le même tableau, inachevé. Le portrait de ce musicien que tu as rencontré chez Kisling, Mario Varvogli, ton nouveau compagnon des tournées la nuit. Sur le dessin préparatoire, tu avais indiqué : « *Anno novo* ».

7 janvier

Mon front appuyé sur le mur glacé. Tout le froid du monde autour de moi : parce que tu n'es pas là.

Je regarde mes mains : elles ont gardé la forme de ton corps, sa chaleur.

7 janvier, le soir

Parfois je reste dans la rue plus qu'il n'est nécessaire, je traîne, je tarde à faire les courses. Je tente de vaincre ma peur pour en être libérée avant de monter. Je feins de plaisanter, je parle avec les commerçants. Ou simplement je regarde des gens qui ont l'air normaux, des inconnus. J'ai alors l'impression de réapprendre les gestes à faire, les mots à dire, des mots faciles, quotidiens, que Modi n'a jamais dits, et que moi je ne sais plus prononcer. Un autre langage. Un autre monde. Est-ce eux qui ont raison ? Est-ce dans cette réalité-là qu'il faut apprendre à vivre ?

Nous sommes ailleurs, à l'écart des autres. Nous préférons vivre sous le ciel de Simone Martini ou de Titien ou de Corrège. Mes yeux sont devenus vides comme ceux de mes portraits. Je sais ce que Modi poursuit : il attend le moment où il va poser le pinceau sur la toile, le premier coup de pinceau. Il attend cette ligne qui surgit, s'impose à lui, une ligne parfaite qui résume toutes les autres.

J'ai fini par comprendre qu'il y avait mon attente bien sûr, mais, par-delà, une autre attente plus terrible : la sienne. Cette attente du moment où il va peindre. Pour l'épuiser, il accumule des dessins. Ses palabres, ses discours, sa passion pour la poésie sont autant de tentatives encore pour la surmonter. Et l'amour, l'amour avec moi, est-ce aussi un moyen de supporter cette attente ?

Je te dessine. Pour te représenter réellement ? Ou pour faire les mêmes gestes que toi, vivre ta passion, me confondre avec toi. Il me semble alors que je suis autant ton amante, aussi unie à toi que lorsque nous faisons l'amour.

8 janvier

Aujourd'hui nous habitons définitivement le cercle extrême de la peur. Peur de ta maladie qui empire. Peur aussi de cet enfant qui va naître. Comment vais-je faire ? Comment vivre avec lui ? Déjà, quand Giovanna est née, à Nice, j'avais dû prendre une nourrice. Ni moi ni ma mère n'étions capables de nous occuper d'elle. Cet autre enfant va me séparer encore davantage de Giovanna. J'ai peur parce que tu bois de plus en plus. Et c'est la peur aussi qui t'oblige à peindre si vite, sans t'arrêter pour juger ton travail.

Cette peur, je ne la subis jamais si violemment que lorsque je reviens chez nous. Je pose mon front sur le mur pour y chercher une certitude, pour me calmer. J'ai du mal à respirer. Mes mains aussi s'appuient sur le mur. Je le griffe un peu, comme pour me battre contre ma souffrance, la vaincre. Mais mes ongles ne l'entament en rien, j'y vois la preuve que je ne peux rien changer au cours des choses.

9 janvier

Pas de couleurs, pas de sons non plus. Et c'est ce silence qui m'a inquiétée. D'habitude tu chantes ou tu déclames des poèmes. J'ai poussé la porte. Tu étais étendu sur le sol, évanoui. Tout autour de toi, plus vivace que jamais, l'odeur de la térébenthine.

J'ai regardé le tableau, le même qu'auparavant. Tu n'avais rien ajouté au portrait que tu avais commencé du musicien Mario Varvogli. Il restait le même, avec son inscription qui m'effraya : « *Hic incipit vita nova.* »

Je me suis souvenue des paroles que m'avait répétées Suzanne, de cette prière que les juifs prononcent pour les morts.

10 janvier

Modi n'a pas pu se lever aujourd'hui. Il a très mal aux reins. J'ai demandé à la concierge d'appeler le médecin. Il a diagnostiqué une néphrite.

— Tu vois que ce n'est pas grave, m'a dit Modi. C'est décidément un mauvais mois de janvier. L'année commence mal pour nous. Zbo, qui est grippé, m'a prévenu qu'il ne pourra sans doute pas revenir demain.

Ortiz aussi est parti en voyage. Il a dit qu'il sera de retour dans une huitaine de jours. Nous restons seuls.

Aujourd'hui, Modi a craché du sang. Le drap était rouge.

11 janvier

Je n'ai plus la force de faire des courses. Les marches de l'escalier sont trop hautes, j'ai du mal à les gravir. Bientôt cela me sera impossible. Je serai obligée de rester là-haut, sans pouvoir descendre dans la rue.

15 janvier ?

Est-ce le 15, le 16 ou le 17 ? J'inscris ces chiffres un peu au hasard. Je ne sais plus la date. Les heures, les jours sont indistincts. Je ne descends plus dans la rue. Mon ventre est trop lourd. La concierge nous apporte des provisions — des boîtes de conserve. Pour ne pas avoir à venir trop souvent. C'est plus facile pour moi aussi.

Quand je me suis réveillée, tout était sombre. Je ne savais pas si la nuit était tombée, ou si c'était un jour de janvier plus triste et plus froid encore que ceux qui avaient précédé. L'épaisseur des nuages était telle qu'on ne distinguait même plus leur forme. L'air avait une densité lourde qui m'empêchait de parler ou de crier.

J'ai entendu la voix du chanteur des rues que la concierge laisse parfois entrer dans la cour. C'était trop loin, je ne distinguais pas ses paroles. Seules les notes les plus aiguës de la musique parvenaient jusqu'à moi. J'ai pensé que notre vie maintenant était ainsi, avec de grands pans qui disparaissent, recouverts d'ombre. L'alcool, la drogue, la fièvre l'emportent, brouillant les contours des choses. Tout s'efface. Moi aussi, par moments, je n'ai plus de souvenirs, plus de repères. Le monde s'étend devant moi, sans plus me concerner. On croirait un paysage étouffé sous la neige, ouaté de silence. Il n'y a plus de couleurs, plus de sens à rien. Sur la table traîne toujours cette carte postale destinée à ta mère où tu n'as rien écrit. En déplaçant des papiers j'ai découvert deux autres cartes, prépayées aussi, que ta mère t'avait envoyées, le 10 et le 18 novembre. Tu ne les as pas utilisées non plus. Peut-être parce que tu ne veux pas parler du séjour que nous devions faire en Italie. Tu n'y crois plus. Il devient aussi imprécis, aussi lointain que ce ciel informe, sans même les contours des nuages qui s'y profilent. Un ciel exténué, comme notre vie.

Moi, je pense souvent à cette grande maison que tu imagines pour nous en Italie. Elle est entourée d'arbres et de fleurs, d'un grand jardin où Giovanna pourra jouer, et cet autre enfant aussi, ce petit garçon qui te ressemblera.

Tout est sombre. Tout est silencieux. Le temps même semble s'être arrêté. Seule l'odeur de la térébenthine continue à vivre, toujours aussi puissante. Elle est à la fois sucrée et corrosive, âcre et doucereuse. Excessive. Envoûtante. Dans les forêts tropicales, là où les lianes tissent des grottes d'ombre et étouffent la lumière, parmi les crocodiles et les serpents, les fleurs vénéneuses doivent exhaler des parfums aussi dangereux. Avant, quand je montais l'escalier et arrivais sur le palier, je sentais l'odeur de la térébenthine qui se glissait sous notre porte. Elle me happait. J'entrais et, alors, sa violence était telle que j'oubliais tout. Sauf cela : il fallait que tu achèves le tableau commencé.

12 janvier

J'ai ouvert les rideaux, puis je me suis approchée du lit. Tu étais si pâle que mon cœur a failli s'arrêter : la mort, si proche de toi, m'a frôlée, moi aussi. Un instant, j'ai cru qu'elle t'avait emporté. Mais ta poitrine se soulevait lentement.

J'ai compris que c'était fini, que tu allais bientôt mourir. Ton souffle était brûlant. Il fallait faire venir un médecin. J'avais déjà revêtu mon châle et m'apprêtais à descendre. Mais, malgré l'urgence, je me suis mise à chercher quelque chose dans la pièce.

J'ai soulevé des papiers, regardé au fond des tiroirs, sous le matelas, dans les endroits les plus absurdes. Je ne savais même pas distinctement ce que je cherchais, mais je savais qu'il fallait que je continue et que je trouve. Je voulais m'arrêter pour réfléchir. Mais je ne pouvais pas m'interrompre. Même pas pour revenir auprès de toi. Par moments la tête me tournait. Il fallait continuer pourtant. Pour nous, pour être avec toi, pour que nous ne soyons jamais séparés. C'était plus important que tout. Et même que d'appeler un médecin.

Avec hâte, je cherchais, cherchais. J'allais renoncer, quand mes doigts ont heurté quelque chose de dur sous des vêtements, au fond d'un des tiroirs de la commode. Je me suis sentie apaisée. J'ai su ce que je voulais. Je l'avais enfin : c'était le stylet. Celui dont j'avais enfoncé la pointe dans ma paume, cette nuit où j'avais eu tant de mal à rester éveillée pour poser. Maintenant, quoi que dise le médecin, j'étais rassurée. Nous ne serions plus jamais séparés.

Mais je ne suis pas allée chez le médecin, je savais que c'était inutile. Je me suis allongée contre toi, il faisait froid, je pensais à nouveau aux mimosas du Midi, à leur léger frémissement sous le souffle du vent. Une fin d'après-midi, nous étions couchés dans l'herbe, et les odeurs des herbes, des lauriers-roses, des chèvrefeuilles et des bougainvilliers se mêlaient. Des parfums si puissants qu'ils parvenaient encore aujourd'hui jusqu'à nous, franchissant les mois, l'hiver et les distances pour pénétrer ici, jusqu'à l'atelier, jusqu'à ce lit où nous étions enlacés comme autrefois dans le sentier où tu m'avais renversée pour relever ma jupe.

Je pensais au médecin qu'il fallait prévenir. Ce souci disparaissait vite tant j'étais occupée à essayer de retrouver les odeurs des fleurs qui se mêlaient, cet après-midi-là, où nous nous étions étreints. Les mimosas étaient encore en fleur. Leurs boules jaunes se balançaient sous le vent. L'air était doux, presque tiède. C'étaient des heures où la maladie était écartée, pensions-nous.

Il fait si froid ici maintenant, si froid. Le poêle s'est éteint. Il faudrait ajouter du charbon. Mais nous n'en avons presque plus. Zbo, grippé, n'est pas venu depuis quelques jours. Avec le peu d'argent qui nous reste, j'ai préféré acheter du vin.

14 janvier

Tu suffoquais.

J'ai attendu encore, mais cette fois l'attente était différente. Les couleurs ont disparu, la palette est abandonnée, inutile. Le peintre n'a plus ses pouvoirs, le monde a perdu ses couleurs. Il n'y a que du blanc, ce masque épais que le blanc répand sur les choses et qui les étouffe. Cette pâleur qui recouvre ton visage dans ton autoportrait. Le monde entier est résumé dans les yeux vides de tes personnages. Ils ont gagné. Je les revois : Zbo et ses longues mains croisées, Lunia dans sa robe jaune avec un éventail, le petit paysan, Hanka et son cou gracile, ces femmes nues qui s'offraient et l'apprenti du menuisier qui posait sa main sur ses genoux. Est-ce cela qu'annonçaient leurs yeux réduits seulement à deux fentes ? La mort qui était là, qui nous attendait. Rien ne nous séparerait, pas même elle. Il suffirait d'enfoncer le stylet. Maintenant je savais que j'étais vraiment devenue celle que tu avais peinte avec les yeux vides.

Le dernier portrait me donnait mon identité : j'étais cette femme qui gardait ses mains entrouvertes, sans jamais les fermer. Elle ne pouvait rien saisir, tout lui échappait. C'était ta vie que je voulais garder. Mais c'était impossible. Malgré mes efforts, elle filait entre mes doigts, je ne pouvais pas la préserver, je ne pouvais pas fermer mes mains et la retenir.

16 janvier

Je ne sais pas la date. Je me suis réveillée, parce que tu gémissais dans ton sommeil. Le ciel est uniformément gris, sombre. Je ne sais pas combien de temps j'ai dormi.

Nous sommes couchés là, dans le lit, depuis longtemps. Parfois j'étends le bras pour prendre quelque chose à manger. J'ai dormi. Deux jours ou deux heures ? De toute façon cela n'a pas d'importance. Il n'y a plus d'urgence. Tu es trop fatigué pour pouvoir rester debout et peindre. Déjà, hier ou tout à l'heure, en me levant, j'ai constaté que sur ta palette la peinture avait séché. Elle craquelait. Le rouge s'était terni, le bleu s'affaiblissait, proche du gris des nuages que je voyais par la fenêtre.

Tu as toussé. Chaque fois, il me semble que ta crise de toux est encore plus violente. Une toux qui te déchire les poumons, te laisse sans souffle, épuisé.

Je dois me lever pourtant, j'ai faim. Il reste encore un peu de marc, quelques bouteilles de vin pour toi. Quand il n'y en aura plus, comment ferons-nous ? Je m'inquiète davantage du manque d'alcool que du manque de nourriture. Si je descends dans la rue, je suis sûre que je ne pourrai pas remonter. Mon ventre est de plus en plus lourd. Quand je marche, je le soutiens avec les mains.

On entend du bruit, des pas dans l'escalier. Est-ce Zbo qui revient enfin ? S'il n'est pas guéri, pourquoi ne nous envoie-t-il pas Paulette ? Il croit que tout va bien. Et c'est vrai, tout va bien, puisque nous sommes ensemble.

18 janvier

Je me suis levée pour écrire. Il me faut tenir ce cahier. Déjà pour savoir quel jour nous sommes. Et pour noter tout ce qui concerne Modi — quand un médecin le verra, je le lui dirai.

Personne n'est venu chez nous depuis longtemps. Je me suis approchée du chevalet, j'ai regardé le tableau abandonné. L'odeur de la térébenthine prenait à la gorge. Tu en mourrais peut-être. Je me suis souvenue du jour où je m'étais taché le doigt de peinture en touchant ta palette, j'avais voulu l'ôter. Maintenant la palette est si sèche, recouverte de poussière, les couleurs ne risquent pas de me tacher — tu ne peins plus.

J'ai nettoyé la palette avec un chiffon. J'ai eu envie d'ouvrir quelques tubes de peinture pour tenter de me faire croire, de te faire croire que tu allais peindre à nouveau. J'ai choisi les tubes : le noir dont tu avais cerné ma silhouette, le rouge de la jupe que je portais quand tu m'as peinte avec un foulard violet, ou le jaune du chandail que tu avais voulu que je revête pour poser. L'ongle de mon index sur les tubes crissait. J'ai pensé à un piano : on glisse la main sur ses touches, les faisant à peine résonner sans qu'il y ait de musique. Mais, finalement, je ne les ai pas ouverts. J'ai regardé tes derniers dessins. Dessous, il y avait des feuilles blanches. J'ai pris un fusain aussi : je devais faire ce que tu ne pouvais plus faire. Puisque tu ne pouvais pas peindre, pas dessiner, il fallait que, moi, je dessine pour retrouver le fil ténu qui nous rattachait à la vie, je voulais que tu vives, que tu me prennes dans tes bras, être à nouveau ton modèle. Les yeux me brûlent : les larmes que je retiens, ou l'odeur de la térébenthine qui devient brusquement plus âcre, si dense, si amère ?

Alors je me suis assise devant toi. J'ai commencé à te dessiner. Un trait de crayon fin pour cerner ton profil.

Je me suis interrompue : j'entendais un pas dans l'escalier.

Mais personne n'est monté jusqu'à notre étage. Ce bruit de pas évoquait ces routes qui filent au loin sans qu'on les emprunte. La vie filait, et elle passait à côté de nous, sans plus nous concerner. La carte que tu devais envoyer à ta mère traîne toujours sur la table. Elle est datée du 27 décembre. J'aurais dû, je devrais peut-être écrire à ta place. Prévenir ta mère que tu es malade, qu'elle doit venir.

19 janvier ?

Est-ce vraiment le 19 ? Peu importe d'ailleurs. Je n'ai rien à dire : les heures sont les mêmes que celles d'hier. Exactement les mêmes. Les jours se succèdent sans aucune différence.

Tu m'as récité des vers de Dante.

Il fallait que nous mangions : j'ai ouvert une boîte de sardines. Il faisait réellement froid, ce n'était pas seulement la fatigue ou la fièvre qui nous glaçait : des cristaux de givre scintillaient sur les fenêtres.

Quand j'ai dessiné tes lèvres, elles m'ont paru différentes, plus fines que celles que j'avais embrassées. Tes mains, lasses, étaient étendues sur le lit.

Je n'ai pas achevé le dessin, je suis revenue me coucher près de toi. Je voulais m'allonger quelques instants seulement puis me lever et te préparer un repas. Mais j'étais trop fatiguée, je me suis endormie.

21 janvier

Par la fenêtre, j'ai vu que le jeune garçon qui venait apporter les journaux au voisin du deuxième étage passait dans la cour. Nous n'étions donc pas dimanche. Alors nous sommes peut-être lundi ou mardi, à moins que ce ne soit vendredi. J'essaie de recomposer la suite des événements : quand la concierge est-elle venue ? Je ne sais pas, je ne m'en souviens plus. Elle nous a apporté du vin, des conserves. Donc il suffirait de compter les bouteilles qui restent pour savoir combien de jours sont passés. À moins que Modi ne se soit levé, et en ait pris d'autres en plus de celles que je lui ai données.

22 janvier

Il fait trop froid, je m'étais levée dans l'intention d'écrire, mais je n'y arrive pas. Mes doigts sont engourdis. On dirait que toute vie s'est retirée d'ici. À mesure que l'odeur de la térébenthine s'atténue, comme ces fleurs qui se dessèchent et qui perdent peu à peu leur parfum, de même notre vie, la tienne paraît s'enfuir, disparaître.

23 janvier

Quelqu'un a donné de grands coups à la porte comme pour l'enfoncer. D'abord j'ai pensé au tonnerre et qu'un orage était survenu. Cette nuit, quand je me suis réveillée, le ciel était plus noir que le fond d'un puits. On aurait cru que le monde s'était inversé. Cette pensée m'a traversé l'esprit, puis le sommeil ou la fatigue m'a emportée à nouveau. Je ne pensais pas qu'on frappait à la porte : je ne la fermais plus à clef.

C'était Ortiz. Quand je l'ai vu, j'ai eu l'impression que la vie était là, à nouveau, enfin. Nous allions être sauvés. J'ai pris conscience que je ne pouvais pas énumérer les jours qui venaient de s'écouler. Ils étaient tous si semblables. Auparavant nous pouvions suivre la progression des jours grâce aux tableaux de Modi. En fait, les années, les mois, les semaines, je ne les distinguais dans le passé qu'en me souvenant des toiles qu'il avait peintes. Ce mois de septembre était celui de la petite fille en bleu et de la bohémienne. La semaine qui suivit ce fut celle du jeune apprenti et du grand nu aux cheveux dénoués. Le mois d'octobre était celui des modèles nus, et le mois de décembre, celui du portrait où je tiens un livre, celui du portrait de Paulette aussi... Maintenant qu'il n'y avait plus de tableaux, il était impossible de reconnaître le temps qui passait. Et il n'y avait même plus le bleu du ciel pour me guider.

Ortiz est allé prendre du charbon dans son propre atelier et a fait une grande flambée. Il a demandé à la concierge de nous préparer un repas. Elle a apporté du pot-au-feu. J'ai vu qu'il faisait vraiment froid parce qu'un peu de fumée s'élevait de l'assiette. Ortiz s'est enquis aussi du médecin que j'avais fait venir. Il a décidé d'appeler le sien, le seul en qui il a confiance.

Nous l'attendons en ce moment. J'écris pour retrouver mon cahier, heureuse de savoir la date exacte. J'accumule des mots, des phrases — c'est une façon de me maintenir en vie.

Modi s'est réveillé, mais il n'a pas reconnu Ortiz. Après avoir mangé, il a paru se sentir mieux. Il frissonnait, son visage était moite. J'ai essuyé son front. Je lui ai dit que je l'aimais. Il n'a pas semblé entendre.

Sa respiration est rapide, presque haletante. Je voudrais l'aider je ne sais pas comment. Il ne trouve plus son souffle, il étouffe et, brusquement, il est pris d'une quinte de toux. Rauque, arrachée à sa poitrine, elle déchire comme une poignée de cailloux. J'ai essuyé sa lèvre. Du sang la tachait encore. Ortiz a ouvert la porte de l'atelier. L'odeur de la térébenthine a surgi, plus forte encore. J'ai cru que nous étions sauvés.

Quand j'ai relevé la tête, je me suis aperçue que Zbo était là. Je n'avais pas vu qu'il était entré. Il regardait mes mains. Le mouchoir taché de sang que je tenais.

Le médecin est arrivé. Zbo a posé sa main sur mon épaule. Il l'a gardée ainsi tout le temps où le médecin a examiné Modi. On aurait cru que des heures entières s'écoulaient. J'écoutais le silence.

Le médecin s'est redressé :

— Une méningite tuberculeuse, a-t-il dit. Il faut l'emmener d'urgence à l'hôpital.

Tu avais perdu connaissance. Tu ne répondais pas à Zbo ni à Ortiz. Mais quand j'ai glissé mes doigts dans ta main, tu l'as refermée pour me retenir près de toi.

Ils t'ont emporté. L'air m'a paru menaçant, hostile. Un air complètement nouveau : celui que je ne partageais pas avec toi.

Le rideau pendait, sa déchirure agrandie, comme s'il allait tomber. Un des infirmiers, en prenant le brancard, avait dû l'accrocher.

J'entendis qu'on prononçait mon nom.

— Mais Jeanne, que va-t-elle devenir ? Elle ne peut pas dormir ici. De toute façon, elle va bientôt accoucher, disait Zbo.

— Il faut prévenir ses parents.

— Non.

Je me suis redressée avec force pour affirmer ce non. Je ne veux pas, je refuse d'aller chez eux qui t'ont rejeté parce que tu étais juif et pauvre. Ils ont voulu nous séparer, ils ne nous ont jamais aidés.

— Pensez à l'enfant, disaient-ils tous.

Moi, je veux rester avec toi. Je voudrais penser à l'enfant qui va naître, à l'enfant qui te ressemblera, mais je ne peux pas. Je veux seulement être avec toi.

Samedi 24 janvier

Hanka et Ortiz m'ont dit que tu es mort à 20 h 50. Tu n'as pas souffert. On t'avait endormi avec une piqûre.

Paulette m'a accompagnée rue de Seine, dans un hôtel. Je marchais en posant la main sous mon ventre, je voulais sentir l'enfant, ton enfant, Modi.

J'ai pris simplement ce cahier et le stylet. Le stylet, je sais qu'il ne faut pas que je le quitte. Le cahier, avant d'y écrire ce soir, je l'ai parcouru. Toute notre vie est consignée là. Si je n'avais pas écrit, si je ne sentais pas ces pages sous ma main, je pourrais croire que rien n'est vrai. Ces pages sont des compagnes, le reflet de notre vie.

Hanka et Paulette pleuraient. « Il est mort », m'ont-elles dit. Je ne les crois pas, cela me paraît impossible. Je veux le voir.

Dimanche 25 janvier

Mon père m'a accompagnée à l'hôpital. Quand je suis arrivée, Moïse Kisling était déjà là. Il y avait aussi un ami peintre, Conrad Moricand. Tous deux avaient essayé de réaliser un moulage de ton visage, sans y réussir. Il restait des fragments de plâtre sur ta peau.

Je t'ai regardé longtemps, mais ce n'était plus toi. Je refusais de toucher ton corps froid, je ne voulais me souvenir que de ta chaleur. Il fallait que quelque chose de moi soit près de toi. J'ai coupé une mèche de mes cheveux et je l'ai mise sous tes vêtements, contre ta poitrine, là où j'aimais m'endormir.

On m'a parlé, mais je n'entendais rien. Je ne voyais pas les visages, je ne voulais pas les voir. Je ne veux pas qu'ils risquent d'abîmer le souvenir que j'ai de toi.

Qu'est-il arrivé ensuite ? Je ne sais plus. J'étais chez Zbo. Tous tes tableaux étaient entassés là, comme des morceaux de notre vie. Et puis, mon père m'a prise par la main. Je l'ai suivi. Je suis maintenant rue Amyot, dans la chambre que j'occupais quand j'étais petite. Ici, la fenêtre a des rideaux avec des dentelles. Comme chez nous, c'est un cinquième étage, et si j'écartais le rideau je pourrais voir le ciel. Mais je n'ai pas de raison de l'écarter : je n'ai plus personne à regarder, aucun pas à écouter.

Mon frère est dans la chambre avec moi, il refusait de me laisser seule. Longtemps il m'a tenue par la main. Il m'a parlé. Longtemps, très longtemps. Il vient de s'endormir. Je ne sais pas ce qu'il m'a dit, je n'entendais pas, je n'entends plus. Je ne cherche qu'à écouter encore la voix de Modi. Sa voix quand il me disait : « Je t'aime. » Il y a mon enfant, notre enfant, que je dois protéger. Je dois veiller sur lui. Je crois que c'est cela que me disait mon frère.

J'ai passé la main sur la table, j'ai regardé le lit où je dormais seule, impatiente de te retrouver. Désormais quand je m'allongerai là, cela ne servira à rien que je t'attende. Toutes ces attentes qui m'avaient été si douloureuses, elles me paraîtraient douces maintenant.

Mon frère a dit qu'il resterait toute la nuit avec moi. Il me demandait de m'asseoir. Malgré ma fatigue je marchais de long en large. J'étais incapable de rester immobile, je ne pouvais m'empêcher d'aller jusqu'à la fenêtre et de regarder la nuit. C'était mon amie, ma complice d'autrefois, celle qui était là quand je guettais ton retour. J'ai posé mon front sur la vitre froide.

Puis j'ai ouvert mon cahier. Écrire. T'écrire à nouveau. Je veux regarder la nuit encore, croire que je t'attends et que tu seras là quand elle disparaîtra. Il faut que je m'approche d'elle, que je la regarde. Je ne veux pas qu'elle disparaisse, je ne veux pas que naisse un autre jour où tu ne seras pas là. Demain ne peut pas exister si tu n'es pas là. Je vais ouvrir la fenêtre, je regarde une dernière fois la nuit.

Le 26 janvier 1920, à l'aube, Jeanne Hébuterne se jeta par la fenêtre du cinquième étage de l'appartement, 8 bis rue Amyot, où habitaient ses parents.

Chantal Quenneville, qui avait été son amie à l'Académie Colarossi, rapporta les faits suivants : « Le corps disloqué avait été ramassé dans la cour par un ouvrier qui l'avait transporté jusqu'au palier du cinquième étage, où les parents épouvantés lui avaient fermé la porte au nez. Le corps avait été ensuite transporté par ce même ouvrier, dans une carriole, jusqu'à l'atelier de la Grande-Chaumière, où le portier l'avait refusé, déclarant qu'elle "n'était pas locataire officielle". À la fin, cet ouvrier alla au commissariat, où on lui dit de le ramener, sur ordre de police, rue de la Grande-Chaumière. Le corps resta là, abandonné, toute la matinée. »

Le lendemain, le mardi 27 janvier, Modigliani fut enterré au cimetière du Père-Lachaise. Un article du Figaro *relata l'événement : « Ce furent des obsèques magnifiques, auxquelles assistèrent et Montparnasse et Montmartre : peintres, sculpteurs, poètes et modèles. Leur cortège extraordinaire escortait le char funèbre couvert de fleurs. Sur son passage, à tous les carrefours, les agents de police se mettaient au garde-à-vous et saluaient militairement. Modigliani salué par ceux-là même qui l'avaient si souvent houspillé ! Quelle revanche ! »*

Plus d'un millier de personnes suivirent le cercueil. En voyant la police arrêter la circulation aux carrefours, Picasso murmura à l'oreille de Francis Carco : « Tu vois, maintenant il est vengé. »

Sans que personne soit prévenu, Jeanne Hébuterne fut enterrée, le lendemain, à huit heures du matin, au cimetière de Bagneux. Ses parents et quelques amis seulement étaient présents. Zborowski, Kisling et Giuseppe Emanuele, le frère aîné de Modigliani, avaient en vain demandé à la famille Hébuterne de faire ensevelir Jeanne aux côtés de Modigliani, mais Achille Hébuterne refusa que sa fille repose auprès d'un homme qui était d'une autre religion et qui n'était même pas son mari. Il n'y consentit que dix ans plus tard, en 1930.

Zborowski et sa femme Hanka s'occupèrent de la petite Giovanna, âgée de quatorze mois, qui était en nourrice à Chaville, près de Versailles. La famille de Modigliani réclama l'enfant et la fit venir en Italie. Margherita, la sœur du peintre, l'adopta afin qu'elle puisse porter le nom de son père.

Achevé d'imprimer
sur Roto-Page
par l'Imprimerie Floch
à Mayenne, le 13 septembre 2006.
Dépôt légal : septembre 2006.
Numéro d'imprimeur : 66140.

ISBN 2-07-077981-5/Imprimé en France.

142947